# ハッピーエンド
HAPPY END

長いキスのあと、酸欠のような状態で、大きくあえぎながら三津谷はぐたっと男の胸に倒れこんだ。
その身体を包みこむ体温が心地よくて、知らず目を閉じてしまう。

# ハッピーエンド

水壬《みなみ》楓子《ふうこ》

ILLUSTRATION
水名瀬雅良《みなせまさら》

CONTENTS

# ハッピーエンド

# ハッピーエンド

おはようございます、と聞き覚えのある低い声が耳に届いて、三津谷雅至《みつやまさし》はふっとノートパソコンの画面から顔を上げた。

いらっしゃーい、とか、お世話さまでーす、とか、三津谷のデスクのまわりからも同時に上がったやたらと華やいだ挨拶《あいさつ》に、男は軽く会釈程度を返してから、ふっと、三津谷と目が合う。

瞬間、いかにも嫌そうにその男前の顔がゆがんだ。チッ…、と短い舌打ちまで聞こえてくるようだ。居やがったか…、と言わんばかりの。

「おや、これは泰丸《やすまる》さん」

そんな様子に思わず、にやり、と口元に笑みをこぼしつつ、三津谷は指先で眼鏡を直しながら、ことさら機嫌のよい調子で男に声をかけた。

イイ男が嫌な顔を見せるのは大好物だ。

しかも、これだけグレードの高い男なら、なおさらだった。

泰丸適《かなえ》は、自ら事務所を構える、若手のデザイナーだ。

といっても、洋服やグッズではない。主に映画や舞台のセットを手がけていて、木佐《きさ》がメガフォンをとる今度の映画でも美術監督を務めることになっている。

木佐のオフィスで雑務全般を務める三津谷とは、すでに顔馴染《かおなじ》みだった。

……というよりむしろ、泰丸にとっては「天敵」と言えるのかもしれないが。

どうやら同い年の二十九歳。百九十に近い長身に加え、がっしりとした体格、男っぽくかつバランスのとれた容姿は、いくぶん無愛想なのをさっ引いても裏方よりは表舞台に立つ方が似合っている。

これでふだん、にっこり笑って愛想よくしていれば、さわやかなイケメン美術監督として名を売っていけるのだろう。まあ、今でも雑誌の取材などはかなりあるようだった。

三津谷の他《ほか》に常時オフィスにいるのはあと女性がふたりだけで、泰丸が来ると、いつもキャアキャアとにぎやかにミーハーしている。

「木佐監督は？」

泰丸が無愛想に尋ねてきた。

「お約束がおありでしたか？」

白々しく、三津谷は確認をとる。

日本を代表する映画監督である木佐充尭《みちたか》は、芸術家の端くれらしく扱いに難しいところもあるが、身体《からだ》が空いていれば打ち合わせに労をいとう男ではない。

昨日のうちに、今日は泰丸が来る、という連絡も一応、受けていた。

事務所の入っている三階建てのこの建物は、木佐にとってはオフィス兼自宅だ。

一階がオフィスと奥の応接室、というか、打ち合わせなどにも使うミーティング・ルーム、二階がスタジオ、そして三階部分が木佐個人の住居になっていて、撮影中でなければたいていそこで仕事をしている。……はずだ。

何も言わずにふらふらとどこかへ行くことも多いが、午前中に出かけた気配はなかったから、上にいるのだろう。

「今日は呼ばれたから来たんだが」

「なるほど」

泰丸のむっつりとした言葉に、三津谷はうなずいた。

「そういうことでしたらどうぞ。あとでコーヒーをお持ちします」

奥の応接室を示してにっこりと言った三津谷に、泰丸が無表情なままに返してくる。

「あんたが顔を出さない方が話が早く進みそうだけどな」

「これはこれは。泰丸さんは相変わらず冗談がお上手ですね。私がいなくて、予算を通せるとお考えではないでしょう？」

あからさまな嫌みを、はっはっはっ、と朗らかに笑い飛ばした三津谷に泰丸は鼻を鳴らし、デザイン画だろうか、小脇《こわき》に大きめのファイルを挟んだまま、奥の部屋へと大股《おおまた》に入っていった。

「いつ見ても、三津谷さんと泰丸さんてハブとマングースみたいねえ」

そんなふたりを眺めて、くすくすと横でスタッフの一人、千香《ちか》さんが笑う。

どうやら、まわりにも天敵認識されていたらしい。……もっとも、ハブとマングースが天敵というのは俗説のようだが。

「そうかな？　私にはそんな気はないんですけど。……でもできれば、龍《りゅう》と虎《とら》くらいカッコよく言ってほしいですね」

にっこりと軽口を返しながら、監督へ連絡をお願いします、と三津谷は頼む。

彼女が電話に手を伸ばして、内線で監督を呼び出している間に、三津谷は手元の仕事をとりあえずセーブすると、席を立ってコーヒーの用意を始めた。

この木佐の個人事務所で働いているのは、正規では三津谷を含めても四人だけだ。

一人は木佐の長年の助監督をしている男で、オフィスにいることは少なく、残りの三人で事務を担当している。

三津谷以外は女性ふたり。自分より一つ下の栄理子《えりこ》と、三つ年上の千香さんだ。年齢的にはちょうど間に挟まれる感じだったが、実はこの事務所に勤め始めたのは三津谷が一番遅く、二年前からだった。

それもあって、三津谷はどちらにもフランクながら敬語を使っている。

初めは、あまりプライベートで親しくなりすぎないようにしよう、という無意識の線引きでもあったが、幸いにも――と言ってよければ――ふたりとも既婚者だった。

いや、そんなプライベートや年齢なども面と向かって尋ねたわけではなく、保険関係や給与などの経理を三津谷が引き受けるようになると、自然とわかってくる。

ここに来る前まで大手の都市銀行に勤めていた三津谷は、この事務所で働き始めると同時に経理全般を任された。というより、丸投げされたのである。

ふたりともあまり生活感がなく、学生のように無邪気な雰囲気なのは、職場がラフな格好でOKなのと、やはりこういう業種だから、だろうか。

やっていることは一般的な事務仕事なのだが、それにしても、仕事相手は普通の会社とはちょっと違う。

この事務所に顔を出すのは、まだ若く、熱く夢を語るような連中が多い。それに、それぞれの伴侶《はんりょ》もやはり映画関係の人間らしく、しかもプロデューサーだとか、配給会社のお偉方などではなく、照明だとか大道具だとかの裏方らしい。

つまり、「ダンナの稼ぎだけじゃ、暮らしていけないでしょー」と、笑いながらの共働きなのだ。

彼女たち自身、やはり映画が好きなのだろう。

あとは大学の映研に入っている学生が、バイト半分、弟子入り半分、という感じで通ってきている。

銀行勤めでの堅苦しい職場に慣れていた三津谷にとって、来た当初はやはりとまどうことも多かったが、今はすっかりこの家族的な雰囲気に馴染んでしまっていた。

お茶汲《く》みなども、手の空いている者が、という感じだったが、予算に関係しそうな客であれば、三津谷も打ち合わせに同席するようにしているので、勢い自分が準備することも多くなっている。

美術や衣装関係など、金のかかりそうなところでは特に、だ。

木佐ひとりに打ち合わせをさせておいたら、好きなようにやれ、と放任したあげく、たちまち予算オーバーになるのが目に見えている。

この事務所に勤め始めた時に過去の書類をチェックして、そのあまりのおおざっぱさに驚きを通り越して怒りを覚えたくらいだ。

——よくこれで会社をやってるな……！

と、まったく他人事《ひとごと》ながら。

いや、これからは他人事でもなくなるのだ。

女性二人も、もともと経理の専門というわけではなくパートに毛が生えた程度だったし、言われるままに予算を認めて支払いをしていたようだった。おそらく事務所を立ち上げた時、誰《だれ》か手伝ってくれる人間を、と手近で集めたのだろう。

映画など、しょせん水物だ。どかんと大きく当たった作品があるから保《も》っているようなものの、次もそうだとは限らない。

三津谷ももちろん、映画は好きだし、木佐の作品はすべて見ていた。それだけに、興行的にすべてが成功しているわけではない、というのもわかっている。

実際、このままでは自分の給料も危うい気がして、背筋がゾッとしたものだ。「エリート銀行員、転落の軌跡」とかいうノンフィクション本でも書けそうな気がしてくる。

それは当然、以前の勤め先である銀行ほど高給ではなく、安定してもいないというのは覚悟していたが、それにしても、だ。

「……あ、監督。起きてました？　大丈夫ですか？　カナエさん、いらっしゃってますよー」

どうやら、木佐は寝ぼけ半分の声だったらしい。

雇い主でもあり、倍近くも年長の男にずけずけと言っている千香さんの声が隣から聞こえてくる。

カナエさん、と泰丸を呼んでいるのは、それだけふたりが親しいというわけではなく、「カナエ・デザイン・オフィス」というのが泰丸の事務所名なのだ。それだけ聞けば、ずいぶんと可愛《かわい》らしい。

十分ほどしてようやく木佐が寝癖で跳ねた髪のまま下りてきて、大あくびをしながら、おう…、と片手を上げた。そしてそのまま、奥の応接室へだらだらと入っていく。

もちろん、客に会うような格好でもなく、おそらくはベッドに転がっていたままの、くしゃくしゃなTシャツ姿だ。

十一月もなかばを過ぎ、秋もそろそろ終わろうかという季節だが、室内ならばそれで十分なのだろう。

泰丸の方もシンプルなシャツとジーンズで、本来はクライアントを訪ねる服装でもないのだろうが、そのあたりがこの業界の楽なところだ。

三津谷も、ノーネクタイでいいぞ、と言われてはいたが、なんとなく習慣もあって、仕事中はある程度きちんとした格好をしている。

「じゃ、ちょっとお願いします」

と、あとの二人に電話番を任せ、コーヒーカップを三つのせたトレイを手に監督の後ろに続きながら、三津谷も臨戦態勢に入った。

「……あ、どうも」

応接室とはいっても、打ち合わせで使うことが多いので、ソファではなく、作業用のような広めのテーブルにイスがとりあえず四脚、並べられている。

すでにテーブルの上にはカラフルなデザイン画が何枚も広げられ、それをにらんでいた泰丸が木佐に気づいて立ち上がった。

「ああ…、悪いな」

木佐も軽く返し、のっそりと泰丸の向かいのイスに腰を下ろした。

「ええと…、これが先日うかがったお話からイメージしてみた室内風景と…、こっちがその窓から見た外の景色ですが」

無駄な前置きもなく、泰丸がイラストをより分けて木佐の目の前に並べ直しながら話を始める。

三津谷はその邪魔にならないように、少し離して二人の前にコーヒーのカップをおいた。

カラーコピーだろうが、うっかり倒さないような距離をとって。

しばらく二人は三津谷の存在などまるで無視して——というより意識に入っていないのだろう——、おたがいのイメージのすりあわせをしていた。

監督の方は時々、何か考えるように額を押さえ、タバコをくわえながら、思いつくままのイメージを口にしているようで、泰丸はそれに質問を挟みながら、手元でメモをとっている。

時折、監督のイメージを具体化するような小さな絵を、広げたイラストの隅とか、自分のノートとかに描《か》きつけ、あるいは小物の配置や平面図などを後ろのホワイトボードにざっと、手早く描いていく。

「……ですから、この方向から、こう…、まっすぐのアングルでカメラをまわすとおもしろい絵になると思うんですよ」

「そうだな…。そうすると、ここのバックに何か欲しいな。こう、象徴的な……会社のロゴを作って入れてみるのもいいかもな……」

その横で、三津谷は二人の話を口を挟まずに聞きながら、木佐の指が灰皿を探すような様子に後ろの棚から用意してやったり、コーヒーのお代わりを淹《い》れたりしていた。

いつものことだが、こんな二人の様子を見ていると、正直、うらやましいな…、と思ってしまう。

木佐も泰丸も、それぞれに自分の手で新しい世界を創《つく》り出すことができる。それを人に見せることができる。感動させることができる。

だが三津谷は、自分の手で、何かを創り出すようなことはできないのだ。

ただ、数字をもてあそぶようなことくらいしか。

少なくとも一時間。

二人の話が長くかかるのはわかっているので、それに合わせて、時間を見計らって出直してもいいのだが、三津谷はこんな二人の話を聞いているのが退屈ではなかった。

年もかなり離れているが、二人ともまるで子供みたいに、何か思いつくたびにうれしそうな、はしゃいだ声を上げる。いつもむっつりと不機嫌そうな泰丸も、ふいにパッと目を輝かせてアイディアを語る。

エネルギーがぶつかり合って、新しい形が生まれる瞬間だ。

……だがもちろん、実際にはいい大人なのだから、現実を直視してもらわなければならない。

「大理石…、ですか。そうですね…、本物、組みますか？　板を張るくらいでも」

「そうだな。できるか？」

ペンの先を顎《あご》にあてて確認するような泰丸の言葉に、木佐がうなずく。

「かまいませんが、それだと……」

ふいにちらっと、無意識のように泰丸の視線が黙ってすわっていた三津谷の方に流れてくる。うっかり目が合って、あわてて素知らぬふりで視線をそらす。

「ええと…、今の三倍、くらい…、金がかかると思うんですが」

いくぶん後ろめたげに言葉をつなげた泰丸に、木佐があっさりと言い放った。

「仕方ないな」

「予算は決まってるんですよ、監督」

それに初めて、三津谷が口を挟む。

にっこりと、優しく。菩薩のごとく微笑《ほほえ》んだまま。

ようやく三津谷の存在を思い出したように、木佐が、あー、とか、うー、とか、口の中でうめきながら咳払《せきばら》いをした。

「今の配分でギリギリですと、前にもお伝えしてありましたよね？　衣装の方からも少し足りないと言ってきてるんですが？」

あくまで口調はやわらかく、途中で持ってきたファイルから、概算予算の一覧表を監督の目の前に突きつける。

すでに木佐にはまわしているものだし、目を通してもらっているはずだが、……きちんと見ているとは、もちろん、三津谷も信じてはいない。

「ないところから、金は溢《あふ》れてはこないんです」

そして、テーブルに手をついてぴしゃり、と三津谷は言い渡した。

「あー…、まあ…、そうだな。野田《のだ》のギャラを削ったら、なんとかなるだろ」

「いいかげんにしてくださいっ」

カリカリと頭をかきながら、早くも切り札を出してきた木佐に、三津谷はさすがに怒鳴りつけるような声を上げた。

「野田さんのギャラ、今でも相当安くしてもらってるんですよ。あれじゃ、名前に傷がつかないか心配なくらいなんですから」

「いーだろ…。野田が自分で出たいって言ってんだしさー…」

そっぽを向いたまま、木佐がボソボソと反論してくる。

「野田さんはいいかもしれませんが、野田さんの事務所はこれ以上、黙ってないですよ。私もむこうにはかなり嫌みを言われてるんですから」

——いやあ、木佐監督の新作が発表されると、うちは、ああ、ボランティアの時期だなぁ…、という気分になるんですよ。

　この間、どこかのスタジオですれ違って挨拶をした時、そんなふうにわざわざ社長に言われたくらいだ。

「いくら野田さんが監督を尊敬していて、無条件で出演してくれるといっても、社会常識的に限度があります。うちがこのギャラなら、って、他のところが値引きを迫ってくることもあるでしょう。うちばっかり贔屓してもらうわけにはいきません」

　まっすぐに、にらむようにして言った三津谷に、思いついたように木佐が声を上げた。

「そうだ。野田は、いっそ、友情出演っつーことにでも…」

「どこの世界に主演で友情出演する役者がいますかっ！」

　一喝《いっかつ》した三津谷に、木佐が黙りこむ。

「……それとも、メイキングの話、受けますか？　それならもう少し、予算の上乗せも交渉できると思いますが？」

　すうっと息を吸いこみ、冷ややかに尋ねた三津谷に、木佐は腕を組み、さらに渋い顔でうなった。

　制作会社の方からは、いずれ映画がＤＶＤになった時、あるいは単独ででも、メイキング的なＤＶＤを出すのはどうか、という打診があったのだ。しかし木佐は、そういった制作の裏側を見せることが好きではないらしく、けんもほろろに断っていた。

「……ま、まあ、なんだ。そのへんは適当にだな…、おまえらに任せるわ」

　ごほごほと咳払いをして、そう口にしながらもすでに身体は半分立ち上がり、よろしくな、と無責任に泰丸に言葉を残すと、木佐はさっさと応接室を出て行ってしまう。

何をどう、自分と泰丸に任せるつもりなのかは定かでないが、旗色が悪くなるとたいていい木佐はそれを決まり文句にして、そそくさと逃げていくのだ。

現場ではどれだけ役者やスタッフに恐れられているか知らないが、——いや、三津谷も現場にはたまに足を運ぶので、ある程度知ってはいるのだが——実務的なことには逃げの一手である。

事務所にいる時の木佐は、三津谷にとってはタダの面倒《めんどう》なオヤジに成り下がっている。

むしろ、実際に現場で指示を飛ばしている木佐を見ると、本当に木佐監督なんだな…、という気がするくらいで。

いつものごとく残された二人はさすがに気まずく…、というか、妥協点がなかなか見出《みいだ》せないのはおたがいにわかっているので、勢い厳しい応酬になる。

「……つまりな、材料の質感が問題なんだ。このプラスチックだと満足なモンが作れないんだよ」

「それをなんとかしてそれらしく見せるのがプロでしょう？」

「代用品でリアルに見せようとすると、うっかり本物を使うより金がかかる場合だってあるんだ」

「そんな本末転倒なことが許可できるわけありません。続編なんですから、工夫の仕方があるんじゃないですか？　以前のセットを使いまわすとか」

「そのくらいできるところはやってる。だが、ほとんどシーンは違うんだよっ」

おたがいに一歩も引かず、ギッ、とにらみ合う。

「……ともかく、予算内で、お願いします」

一言一言区切るようにして言った三津谷に、泰丸はあからさまなため息をつき、腕を組んでどかっと背もたれに身体を預けた。

どうせこれだけ言ったって、最終的には数百万…、いや、ヘタをすれば数千万の足が出るのは目に見えている。ぐだぐだと嫌みを言われながら、制作とその交渉をするのは三津谷なのだ。

今からでも、引き締めていけるところは引き締めていかなければならない。

木佐の新作の制作発表は、来月末の予定だった。クランクインは、おそらく年明け早々だろう。

予算をめぐるゴングはまだ鳴ったばかりだった――。

◇

◇

それは、師走《しわす》に入って少したったくらいだった。

この日、週末で仕事が休みだった三津谷は、呼び出されてホテルのカフェにいた。

三津谷は以前、銀行勤めの時に借りていた比較的都心のマンションから引っ越してはおらず、木佐のオフィスは都心からは少し離れた郊外なので、通勤という意味ではラッシュとは逆方向でありがたい。

このホテルも、オフィスに行くよりは近場だった。

目の前にすわっているのは、四十過ぎの和服の女性だ。

大学教授夫人で華道の先生――というのにふさわしいのかどうなのか、おっとりと優しげな雰囲気の人だった。

「……でね、雅至さんのことがとても気に入ったらしいの。お嬢様も、それにお母様の方も。ぜひ、私に間に立ってほしいと頼みこまれてしまって」

「はあ…」

三津谷は引きつった愛想笑いのまま、口の中で言葉を濁して、目の前のコーヒーカップへ手を伸ばす。

この叔母《おば》からおととい、

「お話があるのよ。ちょっとお時間をもらえるかしら？」

と、いつものものやわらかな口調で電話をもらった時から、妙に嫌な予感はしていたのだ。

三津谷と、この叔母との間に直接の血のつながりはない。その夫である叔父《おじ》が三津谷の母の弟にあたり、中学の時に事故で両親を亡くした三津谷はしばらくの間、この叔父のところに厄介になっていた。

かといって、三津谷が親戚《しんせき》中をたらいまわしにされた、とかいう悲惨な状態だったわけではない。ただ、他の親戚に手のかかる思春期の子供を預かる余裕がなかったのは確かなようで、当時、まだ独身貴族を謳歌《おうか》していた叔父が押しつけられたのは間違いないのだろう。

三津谷には、大学を出るくらいまでの学費と生活費をまかなえるだけの保険金が下りていたので、一人でも大丈夫だと言ったのだが、さすがに中学生を一人で野放しにはできなかったようだ。

大学二年――ちょうど二十歳の時、叔父の結婚とともに三津谷は家を出たのだが、今でもいろいろと心配してくれているようで、叔父とは月に一、二度、待ち合わせて食事もする。

叔母もよい人で、かなりいい家の出らしく、都内の一戸建ての一室を使い、趣味でお華の教室を開いていた。

通っているわけではないが、三津谷もたまに出張土産を持って行ったり、余った花を事務所用にもらったりしている。

時間があれば手ほどき程度に教室に混じる時もあり、どうやら母娘《おやこ》で通っていた生徒さんに「見初められた」らしい。確かにお華の教室に男はめずらしく、目立ったのだろうが。

「とてもいいお話だと思うのよ。もう二年くらい、お教室に通っていらっしゃる娘さんなのだけど、とても素直で可愛らしい方なの。お父様は国内外で手広く事業をなさっていて、お嬢さんもいずれ、海外でお華を広めたいというしっかりとした考えをお持ちだし」

口コミで集まった叔母の生徒たちは、かなり筋がよく、実際に良家の子女が多いようだ。花嫁修業の一つなのだろう。

「いえ、しかし…、叔母さんもご存じの通り、私は甲斐性《かいしょう》もなくて、以前の勤めを辞めてしまいまして。今の小さな事務所では、自分の食い扶持《ぶち》を稼ぐのがやっとというところですから。とてもそんな、結婚などという状態では」

雇い主には失礼な言い方だが、実際にそうなのだ。

冷や汗をかきつつなんとか言い訳した三津谷に、しかし叔母はさらに身を乗り出してきた。

「もちろん、雅至さんの今のお仕事はあちらもご存じなのよ。大手銀行にお勤めしていながらすっぱりと辞めて、好きな芸術の世界を下から支えようというその志を高く買っていらして」

「はぁ…」

そんなたいそうな理由で銀行を辞めたわけではなかったが。

「いえね、あちらのお父様が木佐監督の大ファンでいらっしゃるらしくて。確か、会社の方ではよく映画の協賛もなさっているのよ。だから、もしあなたさえよければ、将来的にはそちらの会社に入ってもらって、これからもスポンサーとして監督のお仕事のお手伝いはできると思うの。……ね？　これ以上ないくらいのいいご縁だと思わない？」

「そ、そうですね…」

――ヤバイ……。

引きつった愛想笑いを返しながら、本格的に三津谷はあせり始めた。

あたりもやわらかく、悪気がないだけに、この叔母にはどうも反論しにくいのだ。

「それとも雅至さん、もうどなたかおつきあいしている方がいらっしゃるのかしら？　それなら、無理にとは言わないわ。でも、だったら、相手の方を家に連れてきて紹介してくださいな。主人もあなたのことはとても心配しているんですもの」

「いえ…、そういうわけでは」

口の中でうめくように、三津谷はもごもごと言った。

叔父のことを出されると、さすがに胸が痛む。が、本当のことを口にするのは、さすがにまだ、心の準備ができていない。

今までにも何度か、こうした見合いの引き合いはあったのだが、銀行員時代はまだ若いですし、仕事が大変で、という言い訳で切り抜けてきた。今の事務所に移ってからは、……事実上の転落なのだ。とても、結婚して妻子を養う収入ではない、という立派な言い訳が通用するはずだったが……こう来るとは。

ここまで条件を整えられては、「せめて一度お会いするだけでも。ね？」という善意の言葉を拒否する理由が見つからない。

どうすればいいんだ…、と頭を抱えたくなった、その時だった。

間接照明のいくぶん薄暗いラウンジの中、視界を横切った見覚えのある後ろ姿に、ハッと三津谷は立ち上がった。

「泰丸…！」

思わず、その大きな背中に声をかける。

この際誰でもいい。この場をどうにかしてくれっ、という気持ちで。

ふっと足を止めた男が、いくぶん驚いた顔でふり返る。

「三津谷…？」

めずらしくネクタイを締めた、まともなスーツ姿だ。新しい仕事の顔合わせか何かだったのだろうか。

「ど…、どうしたんですか？　こんなところで？」

この男だったことが、幸なのか、不幸なのか。

あせりつつも、しかしこの男しかいないのなら、なんとか引きとめてこの場をしのがなければならない――、と三津谷は素早く考えをめぐらせる。

「いや…、上でパーティーがあってな。つきあいで顔だけ出してきたところだ。コーヒーでも飲んで帰ろうかと」

そんなプライベートで語り合う仲でもない男に突然声をかけられ、泰丸がいくぶんとまどったように答えた。

ならば、時間は大丈夫なはずだ。

さすがにこれから仕事の打ち合わせとかであれば、三津谷も引き止めることはできない。

「雅至さん、お友達？」

おっとりと、めずらしそうに叔母が尋ねてくる。

「え、ええ、そうなんです。仕事相手でもありますけど」

困惑したように三津谷と彼女とを見比べた泰丸に、「叔母だ」と三津谷は簡単に紹介する。

「……その、どうも、初めまして。泰丸といいます。三津谷さんには……、ええと、いつもお世話に……」

言いにくそうにもごもごと社交辞令を口にする。

世話になっている、とは言いたくないのだろう。……憎たらしいことに。

まったく大人げない。

「まあ、そうなの。よろしければご一緒にいかが？　雅至さんのお仕事ぶりもお聞きしたいわ」

朗らかに言われて、しかしさすがに泰丸もあせったようだ。

「えっ？　いや、しかし」

まあ、当然だろう。ふだんから仲がいいともいえない男の身内になど紹介されても、肩が凝るばかりで何をしゃべっていいのかわからないに違いない。

「いいじゃないですか。ほら、コーヒーくらいおごらせてもらいますから」

しかし三津谷は、逃がすかっ、という勢いで、がっしりと男の腕をつかんだ。引きつった顔で微笑んだまま、強引に引きずりよせ、無理やり隣にすわらせる。

そのいつになくあせった三津谷の様子を、ちらっと怪訝《けげん》そうに横目にしながら、泰丸がそれでも腰を下ろしてくれた。

その必死さに、何か感じるところがあったのだろう。

「泰丸さん…、でしたかしら。俳優さんですの？　ごめんなさい。私、そちらの方面にはうとくて」

「違いますよ、叔母さん」

申し訳なさそうに頬《ほお》に手をあてた叔母に、泰丸の分のコーヒーを勝手に素早くウェイターに注文してから、三津谷は向き直った。

「泰丸さんは美術監督なんです」

まあ、そうなの、と叔母はうなずいたが、実際にどういう仕事なのだか理解しているとは思えない。

しかしかまわず、泰丸相手に話し始めた。

「雅至さんはどうかしら。頑固で融通が利かないところがあるでしょう？　職場の皆さんと仲良くやっているのかしら？」

「叔母さん…っ」

子供のようなことを聞かれ、さすがに顔が赤くなってしまう。

「そうですね。融通が利かないというのは確かに」

にやり、と口元で笑った泰丸が、ちらっと三津谷を横目にしてくる。

「俺《おれ》も細かい方じゃないんで、ずいぶんと小言を食らってますよ」

くそ…っ、と内心で思ったが、今、泰丸に逃げられても困る。

そうかなあ…、ととぼけたふりで笑いながら、テーブルの下で男の足を蹴飛《けと》ばした。

「今、ちょうどね。雅至さんにお見合いを勧めているところでしたの。私のお華のお教室に通っている方なんですけど、とてもいいお嬢さんですのよ」

「お見合い……、ですか」

そんな叔母の言葉に、泰丸がへぇ…、という顔でつぶやいた。

「雅至さんももう三十でしょう？　そろそろ真剣に考えてもいい年だと思うんですの。だけど、いっこうにそんな気配もなくて」

「そんな、今どき男の三十なんて、まだまだですよ。――なあ？」

「ああ…、まあ」

引きつった笑顔であわてて横の男に同意を求めると、ちょうどきたコーヒーを持ち上げながら、泰丸が曖昧《あいまい》な調子でうなずく。

「それはそういうお仕事ですから、おきれいな女優さんとお知り合いになる機会も多いとは思うんですけど」

「だから、叔母さん。俺…、私の仕事はそんなに表に出るものじゃないですから。女優と会う機会なんてそうないですって」

どうやらそういう心配もあって、やたらと勧めてくるらしい。

「なまじ顔を見かけるものだから、高嶺《たかね》の花というのかしら、憧《あこが》れている方とかいるのかもしれませんけど、やっぱり、結婚となるとねえ…。価値観とか住む世界も違いますし」

しかしまったく聞いていないように、叔母はため息をついてみせた。そして、ふと思い出したように尋ねる。

「そういえば、泰丸さんはご結婚は？」

「いえ、俺もまだ。仕事が不規則なもので、なかなか…」

同い年の泰丸としてもやはり耳が痛い話なのか、ちょっと言葉尻《ことばじり》を濁すように答えた。

「そうですの…。やっぱり最近の若い方は出会いを大切になさるのかしら。でも、お見合いというのも結局は紹介ということですもの。会ってみるだけでもと思うのよ？」

逆らいがたいふんわりとした笑みで微笑まれて、そうですね、などと泰丸が無責任に返している。

「コンパだって友人の紹介だって、結局は見合いのようなものですからね」

「そうでしょう？」

調子よく言った泰丸に、叔母がうれしそうに手を合わせた。そして長い息をつく。

「私たち夫婦は子供がいなくて。だから雅至さんのことは、息子のようにも弟のようにも思っているんですの」

「三津谷…くんも恋人ができると、少しは心に余裕が生まれて、仕事に対しても寛容になれるのかもしれませんね」

「いやだなあ…、それじゃあまるで、ふだんは私がずいぶん厳しくやってるみたいじゃないですか」

あからさまな皮肉とともに、ハハハ…、と楽しそうに笑った泰丸に、三津谷も表情は朗らかに言い返しながら、小声で「予算十パーセントカット」とつぶやいた。

「……え？」

ヒクッ、と泰丸の笑みが引きつる。

まったく、他人事だと思いやがって。

そういう展開にもっていくために、この男を引っ張りこんだわけではない。

少しは空気を読めっ、と言いたいところだが、もしかすると、わかっていてふだんの恨みを晴らそうというつもりなのかもしれない。

とすると、この男を引っ張りこんだのは失敗だったか…、と三津谷は内心で舌を打った。

「私たちも、いつ雅至さんが恋人を紹介してくださるかと思って楽しみにしていたんですけど。待ちくたびれてしまって」

ほほほ…、とそれに合わせるように、叔母も上品に微笑む。

そしてあらためて三津谷に視線をもどし、わずかに身を乗り出して言った。

「ね？　堅苦しく考えなくてもいいのよ、雅至さん。お会いしてみるだけで」

「はぁ…」

まずい。このままでは本当に押し切られそうで、しかしうかつに会ってしまったら最後、断りの理由を探すのはさらに難しくなるのは目に見えている。なにしろ相手は、容姿、年齢、性格、家柄と申し分ないお嬢様なのだろうから。

「次の週末くらいにどうかしら？　場所は、そうねえ…」

「叔母さん！」

さらに話を進めようとする叔母の言葉をさえぎり、三津谷はとっさにがしっと横の男の腕をつかむと声を上げた。

「今まで隠していてすみません」

いきなりの真剣な表情に、叔母がえっ？　という顔をする。

「な…、三津谷？」

もちろん、わけがわからないだろう泰丸も——だ。

が、かまわず三津谷は一気に言った。

「実は、この泰丸が私の恋人なんです」

◇　　◇

それから三時間後——。

大荷物を抱えて、三津谷はようやく泰丸のオフィスへたどり着いた。

ここも木佐のところと同じく、事務所兼住居になっているらしい。

ただ少し郊外にある木佐の事務所とは違い、やはり仕事の関係だろう、都心に近い便利な場所だ。

三階建ての建物も、築二十年以上はたっていそうな古さだったが、床面積はそこそこ広い。さすがにデザイナーの事務所が入っているにふさわしく、階段とか出窓とか、シンプルな中にも洒落《しゃれ》た雰囲気に改装がなされていた。

ここは事務所が二階、住居が三階で、一階は倉庫と、ちょっとした作業場のようにしているらしい。

三津谷も二、三度、事務所の方には訪れたことがあるが、さすがに今日は休日らしくひっそりとして

いた。

あのあと――。

甥《おい》の爆弾発言にひたすら呆然《ぼうぜん》としていた叔母に、

「すみません。私は同性しか恋愛対象にならないんです。そういうわけですから、今後そういうお話は遠慮させてください」

と告げると、やはりあっけにとられた顔の泰丸をカフェから引きずり出した。

状況はわかっていたはずで、驚いてはいたが、泰丸も叔母の前でむきになって否定するようなことはせず、すみません、失礼します、とだけ言って、三津谷に合わせてくれた。

が、もちろん利用されただけですませるはずもなく、三津谷は泰丸の買い物につきあわされたのだ。

というより、荷物持ち要員として引きまわされた、と言うべきだろう。

当然、今日の三津谷に文句をつける資格はない。不本意ではあるが、それを言えば泰丸の方がもっと不本意だったはずで。

仕事で使うのか、何種類かのスプレーペンキやら、薄い板やら、木工用ボンドやら。いろんな色の紙テープやビニールテープ。その他、何に使うのか見当もつかない細かい雑貨やら日用品やらを大量に買いこみ、さらに食料品も買ってから、ようやくここにたどり着いたのである。

両手に膨らんだビニール袋をいくつも抱え、よろよろしながら階段を上って、ようやく泰丸の家――というか、部屋に着くと、三津谷は居間のテーブルに荷物を投げ出して、勝手にソファへ身体を伸ばした。

「ほら。ご苦労だったな」

偉そうに言われて、ムッと男を見上げると、泰丸がグラスのミネラルウォーターらしきものを差し出してくれて、三津谷はむっつりとしたまま、それを受けとる。

「ああ…。そういや、エレベーターがあったんだった。使ってもよかったな」

「な……」

しかしすっとぼけたように頭をかきながら言われて、思わず絶句する。

自分がまいた種、とはいえ、オフィスで会っていた時とは違い、今日はずいぶんいいようにふりまわされている。

それでもようやく少し落ち着いて、三津谷はあたりを見まわした。

「贅沢《ぜいたく》に使ってるんですね…」

そういえば、そこそこ大きな建物だったが、他の会社が入っているようでもない。この三階フロアも、すべて泰丸の住居なのだろうか。

「ああ…、オヤジの持ちビルなんだよ。古いから借り手もつかねぇし、好きに使わせてもらってる」

なるほど、と三津谷はうなずいた。

そしてちょっと身体を起こしてから、三津谷が床へ投げ出していた買い物袋から食料品をより分けてキッチンへ運ぶ泰丸の背中に声をかける。

「そういえば、泰丸さん…、よかったんですか？　勝手にホモになんかされて」

カフェを出てから、買い物に引きずりまわされたが、しかしその間、泰丸はそのことについて特に何も言わなかったのだ。

「おまえがしたんだろうが」

あっさりと返されて、う…、と三津谷は言葉につまる。

まったくその通りではあるが。

しかしもうちょっと、こう、怒るなり、あせるなり、リアクションがあってもよかったんじゃないかと思う。

「見合い話が面倒なのはわかるが、俺を巻きこむなよ、俺を」

当然の非難だったが、三津谷は鼻を鳴らし、開き直ったかのように言い放つ。

「あんなところをふらふらしていたあなたが悪いですね」

「おまえな…」

ふり返った泰丸がむっつりとにらんでくる。それでも肩をすくめてため息をついた。

「まあ、業界人らしくてそれもいいさ…。別におまえの叔母さんが言いふらして歩くわけじゃないだろうしな」

冷蔵庫に生ものや牛乳を放《ほう》りこみながら、さらりと言われ、そういうもんか？ と三津谷は首をひねった。

「おまえ、ホントにそうなのか？」

と、リビングにもどりながら何気ない様子で聞かれ、三津谷は一瞬、息をつめる。

「ええ」

それでも、強いてさらりとした調子で答えた。

つきあう分にはどちらでも、という感じだったが。

ただ…、普通に女性と結婚してもうまくはいかないんだろうな、という気はしていた。

結局、自分を殺すことになるのだろうから。

それに、ふぅん…、と泰丸は鼻でつぶやくようになっただけだった。

やはりこの業界にいるだけあって、慣れている、ということなのだろう。知り合いや仕事相手にもいるのかもしれない。

「おまえはよかったのか？　あんなふうにカミングアウトして。おまえの両親の耳にも入るんじゃないのか？」

「ああ…、うちの両親は十五年くらい前に事故で亡くなってるんですよ。今日会ってた叔母さんの…、旦那《だんな》さんが実の叔父で、ずっと親代わりで」

「いいのか？　その叔父さんの耳には間違いなく入るだろう？」

そんな言葉に泰丸がわずかに目を見張り、もう一度、尋ねてきた。

それに三津谷は肩をすくめた。

「次々、見合いの話を持ってこられても困りますし」

身内としては、ショックはショック……なのかもしれないが。しかしだからといって、何か騒ぎ立てるようなこともないはずだ。

思い切って、というより、流れと勢い、せっぱ詰まって、という感じだったが、それでも言えてすっきりとした気持ちだった。

まあ、しばらくはあの家に出入りはしにくくなるだろうし、あるいは叔父からも連絡はあるのかもしれない。

そうか、と泰丸はうなずいて、そしてちらっと壁の時計を見上げて尋ねてくる。

「飯、食っていくか？」

「あなたが作るんですか？」

　ちょっと意外な思いで聞き返した三津谷に、泰丸はスーツの上を脱ぎ、タイを解《ほど》いて、キッチンの前のカウンターにかけてあったエプロンをしながらにやりと笑った。

「わりとうまいと思うが。荷物持ちのお駄賃にな」

　子供扱いにはむっとするが、確かにそろそろ夕食時で、腹具合もちょうどいい。

　食事ができるのを待っている間、やはり手持ちぶさたなのと興味もあって、許可をもらって三津谷は泰丸の家の中をあちこち探検してまわった。

　全部で３ＬＤＫはあるのだろうか。男の一人暮らしとしてはかなり贅沢だ。

　ベッドルームやバスルームといった普通のスペースはともかく、ここにも工作室のような部屋があった。壁沿いに広い作業用のテーブルがおかれていて、小さな模型がいくつか。

　段ボールやボール紙や、リボンだとか筆記具、絵の具とか。いろんなものが雑多におかれているが、それなりに整頓《せいとん》はされているのだろうか。

　片隅にはノートパソコンと、デザイン画を描くためだろう、デッサン台もあった。

　なんだろう…、部外者の自分から見ても、ちょっとわくわくするような空気がある。

　本当に楽しんで仕事をしているんだな…、と。そんな雰囲気が感じられて。

　興味深くそんなものを眺めてからリビングにもどると、キッチンとダイニングを分けるカウンターの上に、ふと見覚えのある大きめの封筒《ふうとう》を見つけた。パステルグリーンで、表に大きく銀行名とロゴが印字されている。

そして、やはり見覚えのあるパンフレットや手続き書類のファイルが無造作にその上に積み重なっていた。

「泰丸さん…、M銀行に融資でも頼むんですか？」

うまそうな匂《にお》いがあたりに漂い始め、妙に腹も空《す》いてくる。

カウンターにもたれたまま、キッチンにいる男にふと声をかけると、菜箸《さいばし》を手にした泰丸がふっと顔を上げた。

大男にエプロン姿が意外と似合っていて、なんだか可愛く、三津谷は思わず笑ってしまう。

「ん？　ああ…、ちょっとつなぎの資金を相談してるんだよ。どこかの誰かがやたらと渋チンなせいで、微妙に足りなくってな」

――渋チン……？

その言われように、三津谷は思わず眉《まゆ》をよせる。

むろん、その「どこかの誰か」が誰のことか想像できないわけではなかったが、三津谷はすっとぼけたまま言った。

「この支店なら、私がついていってあげましょうか？」

さらりと言った三津谷に、うん？　と泰丸が首をひねった。

「昔いたところですから。まだそこそこ顔は利くと思いますよ。口添えしてあげられるかもしれませんし」

まあ、今日の礼代わりに、というところだ。

……いや。それも口実、だろうか。

三津谷は小さく唇を噛《か》む。

あの場所へ顔を出せる機会に飛びついた、というだけの。

未練があるつもりではないのに。

昔の仕事にも…、男にも。

「おまえ、銀行員だったのか？ ……ああ、言われてみれば似合いそうだが…、またどうして木佐さんとこに？」

泰丸がわずかに目を見開いて尋ねてきた。

「別に、仕事でミスをしてクビになったわけじゃありませんよ。惜しまれながら辞めたんです」

「そうだろうさ」

三津谷の強気な言いぐさに、くっ…と泰丸が喉《のど》を鳴らす。

「好きでなければ、木佐監督のところでは働けません。面倒ばかりですから。監督は金の使い方も貯め方も知りませんし、勘定もザルですしね」

「だろうな。あんたが来るまでは、もっと融通が利いてた」

焼き加減を見るように手元に視線をやったまま、泰丸が言ってくる。

「……やりにくくなりましたか？」

やっぱり、とは思いながら尋ねてみた。

いや、別にだからといって、良心がとがめるとかいったわけではないが。

「そりゃ、当然だ」

それにあっさりと泰丸は言い切る。

火を止めて、フライパンを持ったまま横へ動き、ジャッ…、といい音をさせながら、千切りキャベツののった大きな皿に料理を盛りつけた。

豚《ぶた》のショウガ焼き、だろうか。香ばしい匂いが鼻をくすぐる。

「だが反面、おもしろくもある」

しかしそんな言葉に、ふっと三津谷は顔を上げた。

「おもしろい？」

「金がなけりゃないなりに、いろんな工夫をしなきゃいけなくなるだろ？　そうすると、新しい発見もある」

そんなふうに言われるとは思っておらず、三津谷はちょっと驚く。

陰湿な男とは思わなかったが、やはり自分に対してはそれなりに恨み言もあるだろうと思っていたから。

まあだが、そんな男のホモの相手に勝手にされて黙っていたくらいだから、人がいいのか、おおざっぱなのか。

仕事はそれなりに繊細な作業が必要だと思うのだが。

「十分な金があれば、どうしても楽で簡単な方に流れるからな」

「よかったじゃないですか。感謝してほしいですね」

腕を組み、いくぶん偉そうに言った三津谷に、泰丸はカン…、とフライパンの底を菜箸でたたいて続けた。

「ただ根本的に、金をかけなきゃできないところはあるわけだ。全体のバランスもあるしな。衣装だけ豪華でセットがしょぼくちゃ話になんねぇだろ？」

「どうしても必要な経費なら、もちろん認めますよ。……私に必要だと認めさせてくれればね」

ほら、とカウンター越しに皿をおかれて、三津谷はその前のイスに腰を下ろしながら答えた。

きれいな焼き色と、やはり食欲をそそるショウガの香りだ。横にほかほかの白飯も出されて、定食屋の定番だが組み合わせとしてはこれ以上ない。作りおきだったのだろうか、小皿にポテトサラダまでついている。

エプロンを外した泰丸は、ロンググラスにビールをなみなみと注ぎ、それを両手にしてこちらへまわりこんできた。

コン、と一つが三津谷の前におかれ、完璧《かんぺき》、というところかもしれない。

……ただ。

すでに胃袋はつられながら、匂いだけで箸がないというのはかなりつらい。

「箸がないですよ」

「ああ…」

思い出したようになって泰丸がカウンター越しに身体を伸ばし、キッチンの方から差してあったらしい箸をとり上げた。

ひと組を渡されて、いただきます、と三津谷は手を合わせる。

それに、ほう…、と泰丸がつぶやく。

「礼儀正しいな」

「叔父がそういうことにうるさかったですから」

「いいことだ」

うなずくと、泰丸はビールをぐっと一口飲んでから話を続けた。

「だから映画ってのはな…、無用の用っつーか、やってみて失敗だと思ってたアイディアが次の作品で使えたりさ…、いろいろあるんだよ。一見、無駄に見えることがいろいろとさ」

熱っぽく語る男に、しかし三津谷はサクッと容赦なく指摘する。

「うちの予算で失敗して、それを別のとこの映画に活かされてもね」

ぐっ、と飯を喉につまらせるように、泰丸がむせる。

「そ、それはだな…。そういうのはおたがいさまだろうが。別のところでやって、木佐さんとこに活用されるアイディアだってあるわけだし」

まあ、それはそうなのだろう。しかしそんなファジーなことを言われても、実務をみる人間としては承服できない。

三津谷はにっこりと笑って言った。

「うちに還元してくれるのは、いくらでも大歓迎ですよ」

そのうさんくさい笑顔にか、泰丸が肩を落として盛大なため息をつく。

「まあ、ギリギリまで努力はしてみるさ…。それが仕事だからな」

「ぜひお願いします」

さらりと言った三津谷はようやくショウガ焼きを口に入れ、そして思わずつぶやいた。

「おいしいですね…」

味の濃さとか、ショウガとのバランスとか。ポテトサラダもいい塩味だ。いつになく白飯が進む。

「料理もおもしろいぞ。味付けの創意工夫とか、盛りつけの配置とか彩りとか」

まんざらでもないのか、ちょっと自慢げな顔で言いながら、男もせっせと箸を動かす。

ひとすくいで茶碗の三分の一くらいすくいとるような。豪快な食べ方だ。

ショウガ焼きも口にして、満足のできなのか小さくうなずく。

そんな男を眺めて、三津谷はにやりとした。

「作ってくれる彼女がいないだけでは？　必要に迫られたからでしょう」

「彼女ね…。ま、確かに料理をするような女じゃなかったけどな」

わずかに眉をよせ、小さく言った横顔がふっと陰る。

じゃなかった――ということは、つきあっていた女と別れた、ということだろう。まあ、普通に彼女がいれば、ホモの相手などにはなってくれてないだろう。

苦々しい口調は、あまりいい恋愛経験でもなかったのだろうか。

まずかったか…、と三津谷が思った時だった。

こちらを向いた泰丸が三津谷の顔を見て、ぷっ、といきなり噴き出した。

――なんだ？

と、思ったら。

「飯粒」

箸を伸ばしてきて、器用にひょい、と三津谷の口元からご飯粒を一つ、摘み上げる。

そしてそのまま、自分の口に放りこんだ。

「ちょっ…、泰丸さん…！」

さりげない、自然な仕草だったが、ドキッとして、三津谷は声を上げてしまっていた。頬が熱くなっているのもわかる。

それに、うん？　と泰丸が怪訝そうに首をかしげた。

すでに自分のしたことも忘れたかのように。というより、たいした意味にとらえていないのだろう。

三津谷は思わずため息をついた。

てらいがなく、無邪気な子供と同じ。

やはり映画屋…、というのはそういう人種なのかもしれなかった。

◇

◇

泰丸が銀行へ出向く日、三津谷は午後から半休をとらせてもらった。

切羽詰まった仕事がなければ、小さな個人事務所だけにそのあたりの時間は自由になる。自分がその分、他で時間をとればいいだけなのだ。

「あれ？　三津谷さん…！」

融資デスクの前には泰丸がすわり、オブザーバー的な三津谷は空いていたその隣にのんびりと腰を下ろした。

その三津谷の顔を見て、相手が驚いた声を上げる。

「ひさしぶり。君が担当営業だったのか?」

三津谷の一つ下の後輩で、銀行を辞める時には、この男に引き継ぎをしていた。まだ部署は変わっていなかったらしい。

「え? お知り合いですか? うわあ…、これは手強いなあ…」

大げさなうめき声を上げた後輩に、三津谷はにっこりと笑って言った。

「そんなことはないだろう。いろいろとスムーズで話が早いよ」

「だって、三津谷さん、やり方がえげつないですもん…。俺、三津谷さんほどの成績、まだ出せてませんよー」

そんな後輩の嘆きに、泰丸が、やっぱり…、と小さくつぶやいている。

その膝《ひざ》を自分の膝でこづいてから、三津谷はさらに笑顔満開で朗らかに言った。

「おいおい…。私はいつも誠心誠意、お客様第一でやってきたつもりだよ。その信頼が業績につながっていただけだ」

「その営業スマイルが恐いんですって」

ハァ…、とため息をつきながら、どうも、とようやく泰丸にも頭を下げて、持ってきた書類を受けとる。

「……で、見通しはどうなんだ?」

本来部外者であるはずの三津谷が横から尋ねた言葉に、後輩が書類に目を落としながら、そうですねえ…、とこめかみのあたりをかきながらつぶやく。

「ううーん…、まあ、担保もあるし、金額的にそう大きなものじゃないですし。ただ経営状態はちょっと不安定ですよね」

「それはこういう仕事だからね。定期的に決まった発注があるわけじゃない」

あっさりと三津谷は言った。が、続けてにやりと笑う。

「しかし今は、銀行にしても少しでも貸し付けしたいところだろう？」

「それを言われると。でもこういう小さな会社って、ちょっとしたことであっという間に潰《つぶ》れちゃうから恐いんですよねえ…。——あ、失礼」

三津谷相手で、身内でしゃべっているような気になっていたのだろう。うっかり口をすべらせた後輩の頭を、バカ、と三津谷は手を伸ばしてはたいてやった。

泰丸は横で苦笑していたからいいようなものの、当の客の前で言う言葉ではない。

「いやその。……ただ、経理がちょっと。収支のバランスというか……、わかんない支出というか。……いろいろザル、ですよね？」

ちょっとうかがうような目で見られて、泰丸がう…、とつまる。

「それはまあ、小さな会社なんで専門の人間もいなくて。……ええと、問題があれば改善するようにはしますが」

いつになく低姿勢の泰丸の横から、三津谷が口を挟む。

「あ、これからは私が帳簿も見るから。不明瞭《ふめいりょう》な支出については厳しくチェックするよ。改善計画、上げた方がいいかな？」

さらりと言った三津谷に、えっ？　と泰丸が目を見開く。

黙っててください、と三津谷はそれを視線で制した。

「ああ…、三津谷さんがこちらの会社の経理も見られるんですか…。まあ、だったら……、シビアですもんねえ」

うなずきながら後輩が書類をチェックし、いくつか泰丸に確認する。

要所要所で三津谷が口を挟みつつ、その相談も終わり、お預かりします、と相手が書類を袋にしまった時だった。

「——三津谷が来てるんだって？」

タイミングを計ったように、カウンターの奥から男が声をかけてきた。

窓口の女子行員にも顔を見られていたので、そのあたりから聞いたのだろうか。

「あ、主任」

あせったように後輩がふり返る。

「上原《うえはら》……」

ハッと、思わず立ち上がった三津谷は、一瞬目を見張ったが、それでも、よう、と穏やかに笑顔を返した。

「ひさしぶりだな」

懐かしい、張りのある声が耳に落ちる。

相変わらずパリッとしたスーツの似合う、いい男ぶりだった。

かつての同期の男だ。ともに厳しいノルマに耐え、グチを言いつつ成績を競い合って。

左手の結婚指輪が、嫌でも目に入る。

一昨年《おととし》、この男の結婚が決まった時、職場の女子行員たちはいっせいにため息をついたものだ。

だが相手が本社重役の娘だということで、とても太刀打ちできないとわかったのだろう。あきらめも早かったようだ。

顔もよく、仕事もできる男は、大学のOB会で出会ったその娘に惚《ほ》れられたらしい。お父上の眼鏡にも適《かな》って、結婚したのは去年だった。

三津谷がここを辞めてから、半年ほどあとだ。

上司に引きとめられたのは本当だった。上原がそのうちに栄転することは目に見えていたので、その上、稼ぎ頭だった三津谷にまで去られては、ということだったのだろう。

それでも、三津谷の気持ちは決まっていた。

突然だった三津谷の退職を、内心で上原の結婚と結びつけた者は多かっただろう。

しかし多くの同僚が考えていたように、出世で三津谷が遅れをとりそうだからプライドが傷つく前に自分から辞めたのだ、というわけではない。

……いや、確かにプライドの問題ではあったのかもしれない。

同期の同僚ならば間違いなく呼ばれるはずの、この男の結婚式になど、出たくはなかった。

吹っ切ったつもりだったが、それでもこうしてひさしぶりに顔を見ると、胸の奥がわずかに疼《うず》いた。

上原の方は、すでにたわいもない過去のお遊び…、に過ぎないのだろうが。

「まだここにいるとは思わなかったよ」

強いてなんでもない顔で三津谷は言った。

いることは知っていたが、変に未練を持っているとは思われたくはない。

「次の春には異動になると思うけどな」

それにさらりと上原は返してきた。

その、自信――。

むろん義父《ちち》の引きもあるのだろうが、やはりそれだけにまわりからのやっかみは多い。特に少し年上の先輩たちからは。

だがそんな陰口を鼻で笑い、仕事で、成果で黙らせるだけの実力はあるのだ。

そしてその眼差しが値踏みするように泰丸に向けられ、問うようにちらっと三津谷を見たのは。

……今の男か？　という意味だろうか。

だが三津谷は気がつかないフリで流した。

上原が何気ない様子で後輩の手にしていた書類をとり上げ、ざっと中をチェックする。

「……ああ。この金額なら大丈夫だろう。通せるよ」

そしてあっさりとうなずいた。

むろん支店長の決裁は必要だが、上原がＯＫを出せば、おそらく通るはずだ。

支店長にしてもいずれ自分の上に行くことが確実な部下は、いささか扱いにくいかもしれない。

「悪いな」

請け合っただけに、やはりホッとして言った三津谷に、上原がさらりと言う。

「いや、おまえには借りがあるしな」

さわやかな笑顔でさらりと言ったその言葉に、三津谷は一瞬、息を呑《の》んだ。

――借り……？

なんでもないはずのその言葉がひどく冷たく、心の中に落ちていくようだった。

借り——というのは、自分が銀行を辞めたことだろうか。

それを借りだと、この男は思っていたのか……？

そんなとまどいと、衝撃。

上原との関係は、入行して二年目くらいからだった。

入行当初から、上原は結婚願望のある女性行員たちのターゲットになっていた。

そうでなくとも、旧式な体制の残る銀行などはまだまだ女性の管理職などは少なく、花のある若いうちに窓口を務めると、将来有望な相手を見つけ、ところてんのように寿退社していく。

上原に対するアプローチは、端で見ていても露骨なほど激しかった。

だがいかにも女遊びが達者そうな外見とは裏腹に、上原の身持ちは堅かったのだ。

変な噂《うわさ》にならないように常に気を遣っていて、女性と二人だけで飲みに行くのはもちろんのこと、帰りに一緒にタクシーに乗るようなことすらしなかった。

上原の狙っているところは、初めからもっと上だったのだ。

だから勢い、飲むにしても男同士が多くなり、三津谷はよくつるんで飲むようになっていた。

上原と同様に三津谷も結婚相手のターゲットにされていたのだが、三津谷の場合は、自分の性癖もあって相手をするのが面倒だった、というのもある。

『品行方正を続けていくのも、たいがいたまるよなァ…』

三津谷の前だと気を緩め、女子行員たちには見せられないようなだらけた格好で、ぼやいていることもしょっちゅうだった。

……だから、三津谷から誘ったのだ。

初めは気晴らし程度な雰囲気で、軽く持ちかけて。

おそらく、むこうは好奇心も手伝ったのだろう。

上原にとっては、もともと恋愛などではなかった。

おたがいに身体を慰め合っただけ。性欲を処理しただけ。

ただ三津谷の方が…、本気になっただけだった。

もちろん、そんなことは口にはしなかったけれど。

だから上原がうれしそうに、「いい女と知り合った」と報告してきた時も、「婚約したんだ」と報告してきた時も、よかったな、と微笑んで告げただけだった。

当然、上原が今の奥さんとつきあい始めてからは、身体を合わせる回数は減っていた。

それほど必要がなくなった、ということだが、それでも完全に切れなかったのは、……相性、だったのだろうか。

『あー…、カラダはおまえのが相性、いいかもなァ…』

無神経な…、だが、本心だったのだろう。

そんなふうに言われて、切なくて。

だが同時に喜びと、相手の女に対するわずかな優越感を覚えた。

……いや、それも負け惜しみ、だったのかもしれない。

初めから相手にならないことはわかっていたから。

それでも正式に婚約してからは、やはり後ろめたい思いがあったのだろう。上原は自分を避けるようになった。

今さらに、思い至ったのかもしれない。

もし、三津谷が自分たちの関係をしゃべれば――、と。

そんな恐れと疑惑が、自分をうかがい見る眼差しの陰に見えた。

もちろん、三津谷にそんなつもりはなかった。

だから三津谷は、銀行での勤めを辞めたのだ。

どこか恐がるように自分を見る上原の視線が、耐えられなかったから。

だがそれは、すべて自分の問題だった。

上原に恩を着せようと思ったわけではない。恋愛関係ではなかったにしても、おたがいに納得ずくのことだと思っていた。

……だが。

本当に何気なく、だったのだろう。

だがそれだけに本心だろう、男が口にした「借り」という言葉が、三津谷の胸に重かった。

そんな……つもりはなかったのに。


「顔が利くっていうのは本当だな。あんなにスムーズに行くとは思わなかったよ」

銀行を出て、やはり安心したのか、泰丸が大きく伸びをするように晴れやかに言った。

だが三津谷の方は、あのあとどんなやりとりをしたのかも覚えていないくらいだった。

「……どうした？」

さすがに三津谷の様子がおかしいことに気づいたようで、泰丸が怪訝に尋ねてくる。

「いえ」

軽く頭をふって三津谷は短く答え、そして男に向き直った。

「このあと、時間はいいんでしょう？　飲みにつきあってくれませんか？」

「飲みにって…、まだ昼間だぞ」

さすがに眉をよせ、腕時計に目を落として泰丸がうなる。

三時をまわったくらいだ。確かに店も開いていないだろう。

「あなたの家でいいですよ」

「いい、って…、おい」

あっさりと、しかし引く気配もなく勝手に決めた三津谷に、泰丸が何かうかがうように、ちらっと三津谷の顔を眺めた。

「酒を買っていきましょう。酒代は私が出しますから」

だがかまわずてきぱきと言うと、三津谷は目についた酒屋へさっさと入っていった。

「事務所、閉めてくるから」

あきれていたのかもしれないが、やはり世話になった、という思いがあるのか、酒瓶を抱えて泰丸の家まで帰ると、いったん泰丸は下の事務所へと下りていく。

スタッフへの指示や、残していた仕事もあるのだろう。

なかなか帰って来なくて、三津谷は勝手にグラスを出し、先に一人で飲み始めていた。

まるでキッチンドリンカーみたいに。

一人で飲んでいると、話し相手もなく、手持ちぶさたなだけにピッチが速く、どのくらいしてからだろう、泰丸がもどって来た時には、かなり出来上がった状態だったらしい。

「おい…、三津谷、おまえ……」

顔をしかめて泰丸がため息をついたのを覚えている。

「なぁにしてたんですか…、泰丸さん…。遅いですよぉー…」

すでにろれつがまわっていない自分に、三津谷は自分が酔っていることは自覚していた。

だがまともに考えることができない。考えたくない。

ただ…、息苦しく何か絡《から》みついてくるようなものをふり払いたくて。

「ほら…、つきあってくださいよ…」

その男の腕を引っ張り、無理やりソファの横へすわらせてグラスをもたせ、開いていたウィスキーをだぼだぼと注ぎこむ。

「おまえ…、ストレートでかっくらってんのか？」

「いいでしょう？　私の酒ですから。何か文句でも？」

男の肩にのしかかりながら、三津谷は絡んだ。

「酒癖悪いな」

ぶつぶつ言いながらも、ほら…、と泰丸が三津谷の身体を押しもどしてソファへすわらせる。

「ちゃんとつきあってやるから。少しペースを落とせ」

なだめるように言いながら、泰丸が三津谷の手からグラスを奪い、それを持ったままキッチンへ立った。

返せよ、ドロボーッ！　と、酔っぱらいの戯言《たわごと》を無視して、泰丸は氷とソーダ水を用意してもどってくる。

「それで？　何があったって？」

問答無用で三津谷のグラスをソーダ水で薄め、ようやく返してくれながら泰丸が言った。

「あー…？　何がって何です？」

面と向かって聞かれると、酔った頭でもさすがに言いづらく、三津谷はとぼけるように返す。

「全部吐けよ。とぐろ巻いてひとんちで愚痴るくらいならな」

灰皿を引きよせ、タバコに火をつけながら泰丸がぞんざいな調子でうながしてきた。

「んー……」

相談に乗るから話を聞かせろ、とか、あらたまって言われると言いにくいものだが、こんなふうに無造作な言い方だとちょっと気持ちが軽くなる。

「昔の同僚と会って、今の自分との格差に愕然《がくぜん》としたのか？」

「まさか…。そんなんじゃないですよ…」

からかうように聞かれ、三津谷はソファへべったりと背中をつけながらふん、と鼻を鳴らした。

確かに収入という点ではかなり下がったわけだが、今の仕事に満足していないわけではない。いろんな会社、人間との折衝や交渉も、今までの常識が通用しない部分はあるが、その分、おもしろくもある。

「……それとも、昔の男でもいたのか？」

煙を吐き出す合間のようにさらりと言われ、三津谷は一瞬、言葉につまった。

「上原とかいう男の方か？　指輪、してたな…」

意外とめざとい。

「まだ新婚…ですからね……。一年半くらいじゃないかな……」

正解、と言う代わりに、ぽつりとつぶやくように三津谷は答える。

「幸せそうで落ちこんだのか？　――いて…っ！」

容赦なく言われ、三津谷は間髪入れず、げしっ、と男の足に蹴りを食らわす。

「そーじゃなくて…っ！　……ただ、あの人にとって私との関係は過去の負債だったのかと思ってね……」

自分で口にすると、さらにみじめさが募ってくる。

「貸した……つもりじゃなかったけどな……」

こぼれた言葉は、かすれた、なかば涙声になっていた。

「負債？」

泰丸が聞き返してきたが、ほとんど耳に入っておらず、三津谷はただ自分に言うように続けていた。

「私から誘ったんですよ…。だからあの人が…、私に罪悪感を持つ必要はないのに……何も……」

「けど、つきあってたんだろ？　結局女を選んだんなら、罪悪感くらい持たせてやれよ」

「カラダだけ、ね……」

あっさりとした言葉に、三津谷は自嘲《じちょう》するようにつぶやいた。

「身を引いたってわけじゃない…。銀行を辞めたのだって別に…、目の前から消えてやろうって殊勝な気持ちだったわけじゃない……」

ただ、自分が見ているのがつらかったから。

まるで悪いことをしていたみたいに、目を合わせようとしなかった男と、一緒に仕事をしていくのがつらかったから――、だ。

ぐだぐだな身体は自分でも気づかないうちにソファからすべり落ち、床のラグへ直《じか》にすわりこむと、テーブルに突っ伏すようにして三津谷は口走っていた。自分では何を言っているのかもわからないまま。

それに、そうか…、と泰丸はつぶやいただけだった。

何がわかったわけでもないくせに。

――と。

ふいに伸びてきた大きな手に、わしわしと髪が撫《な》でられ、ハッと一瞬、三津谷は息を呑んだ。

だがその荒っぽい指の感触が…、触れられた強さとかすかな温《ぬく》もりが肌に心地よく、知らず目を閉じる。

頭を撫でられたことなど、何年ぶりだろう…、とちょっと楽しいような気持ちで思う。

両親が死んで、呆然とその遺体の枕元《まくらもと》にすわりこんでいた自分を、叔父が抱きよせてくれた時以来、だろうか。

「偉いよ、おまえは。あの男の前でもちゃんとしてた」

素っ気ないくらい淡々と言われた言葉に、ふいに胸がいっぱいになる。

わかっていたこと。

だから、精いっぱい何でもない顔をして。

それでも、身を切られるようにつらかった。

なんだろう…？　やはり、身体だけだった、と思い知らされたことが、だろうか。

いい身体の相手だった。それだけの関係だった、と。

今までもつきあった相手に、好きだと伝えることはできなかった。

多分、それはトラウマのようなものなのだろう。

自分の性癖を自覚して、そしてつきあった最初の男に、言われたのだ。

『え？　おまえ、本気だったの？』

そんな言葉であっさりと捨てられた。

あんなみじめな思いは、もう二度としたくなかった。

身体だけだと思っていれば、別れた時、初めからそういう関係だった、と自分をなだめることができる。

だから、そんなに傷つくわけじゃない、と。

その方が気が楽だった。

それでも。

誰かとつきあうたび…、上原にも、期待、していたのだろうか。

好きだよ――、と。

ただそれだけの言葉を言ってくれるのを。

まるで映画みたいに、おまえが好きだよ、と。

少女趣味だな…、と、そんな自分に、どうしようもなく笑ってしまう。

「……優しいんですね」

ぺったりとテーブルに頬をつけたまま、三津谷は妙に楽しいような…、初めてこの男を見るような不思議な思いで男を見上げた。

「でも、ヘタな同情はつけこませる隙《すき》を作るだけですよ…」

「おまえがつけこんでくるのか？」

皮肉に言った三津谷に、泰丸が自分のグラスに一口つけてから、わずかに首をひねって見下ろしてくる。

男前の顔だ。恋愛感情などなくても、不足はない。

「ええ…、得意ですから」

「どこにつけこまれるんだ？」

怪訝そうに言った泰丸に、三津谷はくすっと口元で笑う。

……酔って、いたのだろう。もちろん。

そうでなければ、仕事相手にこんなことはしない。

「ここに、ですよ」

スッ…と無造作に動いた三津谷の手はまっすぐに男の股間《こかん》に伸び、ぐっとその中心を鷲《わし》づかみにした。

「な…、おい…っ」

さすがにうろたえたように男がその手首をつかみ上げ、大きく目を見開いて三津谷を見つめる。

そのいつになくあせった顔が酔った頭にはさらにおかしくて、くっくっ…、と三津谷は喉で笑った。

「おまえ…」

「結構、いいモノをお持ちのようじゃないですか…。彼女がいないんなら、使ってないんでしょう？　慰めてくれます？」

男を見上げ、軽く舌を伸ばすようにして身体をよせた三津谷に、泰丸は、ハァ…、とため息をついてみせた。

「そんなに俺の優しさに惚れたか？」

グラスを揺らしながら、冗談とも本気ともつかない口調で聞く。

「まさか…。つまらないことを言わないでください。礼代わりですよ。あぁ…、この間のね……」

「礼ねえ…」

気のない様子で、泰丸が肩をすくめる。

「私のカラダでは礼にはならないと？」

ちょっとムッとして言った三津谷に、泰丸は淡々と答えた。

「おまえがどうこういう以前に、男を相手にしたことがないんでな」

「業界の人間なのに？」

ちょっと挑発するような口調になる。

「誘われたことはあるが。カメラマンのセンセイとか、メイクの人とか」

ああ…、と三津谷は低く笑った。

「初めてでしたら、今まで経験したことのない快感を味わわせてあげますよ…？」

そして男ににじりより、その膝に意味ありげに手をかける。

「好奇心はあるんでしょう……？」

ふり払われることもなく、さらに顎をのせるようにして三津谷は誘った。

正直、本気で誘っているのかどうかさえ、自分でもわかっていなかった。

ただ…、頭を撫でられたあの感触を、もっと味わいたかった。

誰かの指に触れられていたかった。

その時だけは、自分が一人じゃないと思えるから。

「……ないとは言えないな」

タバコの煙とともに、泰丸がなかばため息をつくように言った。

くっくっ…、と三津谷は喉で笑う。

正直な男だ。

「そうですよね…。いつでも創意工夫して、新しいことに挑戦しているわけですからね……」

からかうように言った三津谷をちらっと見下ろし、男がいくぶんめんどくさそうに舌を打った。

「この酔っぱらいが……」

「酔ってませんよ…っ」

泥酔者が常にする反論を、三津谷もてらいなく口にする。

冷めた頭なら、それがすでに酔っぱらっている証拠だとわかるはずだったが。

ハイハイ、と男がおざなりに答え、口にしていたタバコを灰皿でもみ消した。

それにむかっとして、三津谷はもう一度手を伸ばすと、男のズボンのジッパーを一気に引き下ろす。

「うまいですよ…？　女よりね」

そしてうっすらと笑うと、ためらいなく中に手を入れ、強引に下着を引っ張り中身をとり出そうとする。

「おいっ…！　おい、ちょっ…！」

さすがにあせった声を上げた泰丸が、とっさに三津谷の両腕をつかんできた。

が、三津谷もそれをがむしゃらにふり払うようにして暴れ、さらに男の中心に顔を埋《うず》めようとする。

「うまいのはわかったから…っ！　ちょっと待てって…っ！」

「あっ…」

そのまま強引に身体がソファに——というより男の膝の上に、引っ張り上げられた。

「離して…っ…！　——ん……っ…！」

しかしさらにふり払おうと暴れた三津谷の顔から、すでにズレかけていた眼鏡がとられ、そのまま口がふさがれる。

熱い舌が口の中にねじこまれ、自分の舌が絡めとられて、三津谷は一瞬、思考が真っ白になっていた。

ただ奪われるままに明け渡し、しかし無意識のうちにそれに応《こた》え始めて。

「ん…っ……ふ……」

唾液が唇の端からこぼれ落ちる。後ろから髪がつかまれ、さらに角度を変えて何度も味わわれる。

長いキスのあと、酸欠のような状態で、大きくあえぎながら三津谷はぐたっと男の胸に倒れこんだ。

その身体を包みこむ体温が心地よくて、肩で息をしながら知らず目を閉じてしまう。

「で？　俺がおまえをベッドで骨抜きにしてやったら、少しは予算が甘くなるのか？」

やれやれ…、というようなため息のあと、頭の上からそんな声が落ちてくる。

「なるわけ……ないでしょう……っ」

それに憮然《ぶぜん》と三津谷は応えていた。

予算も、もちろん、骨抜きにもだ。

「酔ってても、そういうのはしっかりしてんだな…」

ふーん、とおもしろそうな目で男が見下ろすと、三津谷の身体を抱きかかえたまま、ソファから立ち上がった。

「ほら、行くぞ、ベッド」

そしてそのまま、だらりと力の抜けた身体が重そうに隣のベッドルームへと運ばれる。

それがこの日、三津谷に残っていた最後の記憶だった……。


ぐぁん、と頭の中で銅鑼《どら》が鳴るような衝撃に、目が覚めると同時に、うっ…、と声が喉をついて出る。

そしてそれは一気にズキズキとした痛みに変わり、三津谷を襲ってきた。

なんだ…？　と思うまでもない。

二日酔いだ。

「うわ……」

ここまでひどいのはひさしぶりで、三津谷はしばらくシーツに顔を埋めたまま、なんとか痛みを鎮めようとした。息が酒臭い。吐き気がする。

が、そんな中でようやく気づいた。

——どこだ……、ここ……？

自分の家のベッドではない。ようやく薄目を開けて見まわした景色も、自分の部屋のものとは違う。もっと広く…、殺風景で。しかし隅におかれた広めのテーブルの上はごちゃごちゃしていたし、その前のイスや床には服が散らばっている。

あたりは薄暗かった。

薄く開いたブラインドからの光は、夜明け前、というところだろうか。

サイドテーブルのクラシックな時計が目に入り、しかし眼鏡がなくて文字盤がよく見えない。手を伸ばして引きよせ、手元で見ると、短針は五時前を指していた。

……多分、おそらく朝の、のはずだ。

そしてようやく、三津谷は少し離れた隣で寝ている男に気づいて、ハッと身を引いた。

ダブルサイズはあるでかいベッドで、裸の背中を向けて寝息を立てている男は……。

泰丸、だ。

そうだ、とようやく昨日のことを思い出す。

とたんに、三津谷はうろたえた。

酔っていたのだ。もちろん。

そうでなければ、あんな――。

思い出した瞬間、カッ…、と頭のてっぺんまで血が上る。

ベッドに入るまでのことは、おぼろげながら記憶にあった。できれば、それも忘れたいくらいだったが。

そして、そのあとのことは――。

ハッと自分の状態を確かめると、確かめるまでもなく全裸で。

スッ…、と血の気が引くようだった。

やばい…、と思う。

これだけ深酒したのはひさしぶりだった。

しかしそれにしても……泰丸相手とは。

見境がないにもほどがある。

さすがに自分で情けなくなった。仕事相手なのだ。これからだって何度も顔を合わさなければならない。行きずりですませられる相手ではない。

男が目覚めないか見張りながら、無意識に息を殺すようにして、三津谷はそろそろとベッドを下りた。

足下のシャツをあわてて羽織り、下着とズボンをひっつかむと、転げるようにとりあえず隣のリビングへ逃げ出す。

他の服もとりあえず身につけてからあたりを見まわすと、見事に飲んだくれたあと、という状態でリビングのテーブルは放置されていた。

その端になんとか自分の眼鏡を見つけ、あわててかける。

しかし酒の匂いにはむっ、とこみ上げるものがあって、三津谷はキッチンへ行くと勝手ながら水をもらった。

グラスいっぱいの水を一気飲みして、ようやく一息つく。

本当に……泰丸と？

ズキズキ…から、ずきんずきん、というくらいの痛みの間隔になった頭を押さえ、必死に思い返してみる。

後ろには……その感触がない、こともなかった。

アルコールで弛緩《しかん》していたせいか、痛みはなかったが、なんだかもぞもぞするような感じで。

そうでなくとも、キスしたことは記憶にあったし、ベッドへ移ってからも自分で服を脱ぎ、自分から男にのしかかっていった——ような気がする。

泰丸にすれば、まさに「襲われた」と言っていい状況かもしれない。

——まずい……。

後悔というのは本当に先にたたないものだな…、と思うが、そんな真理を実感している場合でもない。

とにかくここは。

すべてをなかったことにして、逃げるしかなかった——。

◇　◇

「おや、これは泰丸さん」

三日後――。

午後も遅くになってふいに事務所にやってきた泰丸に、三津谷は喉元から飛び出しそうになった声をなんとか抑え、いつものように声をかけた。

あえていつものように、と言うべきか。

いつか来るこの時を内心でビクビクしていたのは間違いないが、かといって、自分の弱みにするつもりはなかった。

泰丸にしても、男と寝た、などということは、吹聴《ふいちょう》したくないはずだし、おたがいにいい大人の社会人だ。

なかったこと、として忘れることくらいできるはずだった。

実際、あのあと泰丸から連絡があったわけでもない。

……もっとも、携帯の番号を交換しているわけでもなく、プライベートな連絡先を知らなかった、ということもあったが。

いずれにしても、自分から蒸し返すつもりはなく、もし何か言われても、……そう、おたがいにあの時間を楽しんだのだ。――多分。

それで終わりにすればいい。

泰丸にしても、それこそ「いい経験」になっただろうし、まあ、この先の仕事に活かしてもらえればいいことだ。

……美術監督として、あれをどう活かせるのかは謎《なぞ》だったにしても。

「監督とお約束でしたか？」

張りついたような笑顔で、三津谷は淡々と尋ねた。

今日は特にそんな連絡はなかったが……、まあ、木佐のことだ。忘れていることも多い。

「いや、時間があればちょっと確認したいところを見てもらえないかと思ったんだが」

と、答えながらも、いくぶんうさんくさそうに眉をよせてじろじろと三津谷の顔を眺めてきた泰丸が、いきなり三津谷のほっぺたを両手で引っ張った。

「た…っ、いた――……っ！」

容赦なく、思いきり引っ張られて、三津谷は思わず涙目で叫ぶ。

「な…何するんですかっ!?　いきなりっ！」

そしてようやく男から逃げ出すと、キッ、と泰丸をにらみつけた。

「いや。あんまりすかしたツラしてるから、何かかぶってるのかと」

「そんなわけないでしょうっ！」

つらっと言われて、思わず感情的に叫んでしまう。

せっかくの努力が、防御のヒマもなくぶち壊れた感じだ。

「人がせっかく…！」

「忘れようとしてたのか？」

声を上げた三津谷は、さらりと先まわりして言われ、思わず息を呑む。きつい目で男をにらんだ。忘れた方がいいはずだった。おたがいに。

「監督は？」

「いますよ。奥で待っててください」

平然とした口調で泰丸が尋ね、客相手の営業口調もとりもどせないまま、三津谷はヒリヒリする頬を押さえながらむっつりと返した。

「へー…。案外、仲良しになってたんですねえ」

すたすたと勝手知ったる奥へ入っていく泰丸の背中をにらんでいると、隣からそんな声がかかる。

「アレでどう仲良くなんですか…」

ぶすっとうめきつつ、三津谷は受話器を持ち上げて、木佐へ連絡をとった。

コール十五回。

何か煮詰まっていたのか、ようやく出た不機嫌な声の木佐に、カナエさんが来てます、とこちらも対抗するようにぶすっと告げる。

そうでなくともこの日は、三津谷もいろいろといそがしく――実は監督から、というか、その作品の主演俳優である野田司《つかさ》からの頼みで、瀬野千波《せのちなみ》という俳優のマネージャーを引き受けることになったのだ。

千波の活動の拠点は、今はアメリカ――ハリウッドにあり、次の木佐の作品には出演するのだが、それ以外、特に日本での活動の予定はない。

が、プロモーションや何かで日本でもマネージメントの必要があり、それを三津谷にやってもらえないか、ということだった。

三津谷に芸能人のマネージャー経験などもちろんなく、そもそもこのオフィスが俳優のマネージメント業をやるようなプロダクションではない。

が、三津谷も二年前の千波の事件はもちろん、知っていた。自分がこの事務所に勤め始める前のことだったが。

それだけに、千波が既存の事務所に頼りたくないという気持ちもわかるし、そもそも日本での仕事を積極的に受けるつもりはないようだった。

アメリカではエージェントもついているし、そちらと連絡をとり合って、国内での連絡窓口になってもらえればいい、という話だ。

まったくの畑違いで、自分に務まるのか…？　と不安もあったが、とりあえず引き受けることになったのだ。

それもあって、今日は新しいおもちゃの品定めを嬉々《きき》としてするような、三十になろうかという男と五十になろうかというオヤジに目を光らせることもできずにいた。

話が盛り上がっているのか、新しいアイディアでもつめているのか、奥のドアのむこうからは時折、よしっ、とか、いいぞ、とか、これはどうです？　とかいう妙にはしゃいだ声も聞こえ、三津谷としては千波への依頼《オファー》に電話で受け答えながらも、ピキピキとこめかみが痛む。

……いや。もちろん、この間のことで、美術の予算に手心を加える気はなかったが。

時折、コーヒーのお代わりを運ぶ栄理子がドアを開けると、充満したタバコの煙が一気に吐き出された。いかにも健康に悪そうだ。

受話器を片手に、終わりそうか？　という三津谷の視線だけの問いに、ダメダメ…、というように、彼女が手をふる。

五時を過ぎ、六時を過ぎると、すみません、お先に失礼しますー、と、女性ふたりとも順に仕事を切り上げる。子供の迎えなどもあるのだろう。

七時を過ぎると、三津谷としてもさっさと帰りたいところではあったが、しかし木佐に事務所の施錠を頼むのは危険すぎる。

銀行にいた時分は、深夜までの残業もしょっちゅうだったが、この事務所に移ってからはだいぶん身体も怠けていた。

給料に見合って、というところでもあるが、この事務所ももちろん、いそがしい時はいそがしい。波があるのだ。

本格的に千波のマネージャー業を始めると、さらに不規則にもなるのだろう。とはいえ、ずっと千波についてまわる必要はない、ということだったので、引き受けたところもある。

しかし、インタビューなどの仕事なら、つき添わないわけにはいかない。

日本での千波の立ち位置の危うさというのは、三津谷も理解しているつもりだった。

結局、食事もとらないまま、ふたりが奥から出てきたのは、夜の九時もまわってからだった。

それまで三津谷は、新米のマネージャーとして、返事を保留にしてある千波への仕事内容などをチェックして過ごした。

雑誌のインタビューなら、その雑誌のカラーだとか、コンセプト、過去に問題はなかったかどうか、とか。テレビなら、連絡のあったディレクターや番組の情報を集めてみたり。

まあ、時間さえあれば勉強することは多い。

「ずいぶん遅くまで残業してるんだな」

と、ふいに感心したような声が頭上からかかり、ハッと顔を上げると、泰丸がファイルブックを抱えたまますぐ横に立っていた。

「誰のせいだと思ってるんですか」

辛辣《しんらつ》に言い返すと、ようやく、ああ…、と思いあたったようだ。

そしてもう一人の戦犯は逃げ足速く、すでに階上へと上がっていた。

「子供じゃあるまいし、夢中になりすぎなんですよ、あなたも監督も。ちょっとした確認じゃなかったんですか?」

ぶつぶつ言いながら、三津谷も手元のパソコンを閉じ、ようやく帰り支度を始める。

事務所内の施錠を確かめ、応接室の換気扇を止め、こんもりと小山になった灰皿とカップを片づける。

「悪かったな。飯でも食っていくか?」

「そうですね…」

さすがに気を遣ったのか、戸口で待っていた泰丸に声をかけられ、三津谷はちょっと考えた。

確かに腹も減っている。

——が、ハッと我に返った。

まったく普通に話していたが、そんな間柄ではない。

……というか、普通に話せるなら、その方がいいのだろうか……?

自分だけが意識しているような気になって、三津谷はちょっと理不尽にも腹が立ってくる。

どういうつもりなんだろう、と思う。

この間のことを、この男がどう思っているのか。

忘れたい――ことなら、自分のことなど、ただのスタッフとして事務的なつきあいに終始すればいい。

それとも、まったく気にしていない……のか、気にしていないふりをしているだけなのか。

だが、気にならないはずはなかった。

男が初めてであれば、良くも悪くも、それなりにインパクトはあっただろう。

それともこんなふうに声をかけてくるのは、からかっているつもりだろうか?

あの日、確かに三津谷はあとも見ず逃げ出した。

その三津谷がこんなふうに普通に口をきいてくることが、不本意なのか。

……生意気な。

三津谷はゆっくりと腕を組んで、ちょっと試すようにさらりと口にする。

「おごりですか？　……ああ、だったらまたあなたに作ってもらってもいいのかもしれませんね。とてもおいしかったですし」

自分が泰丸の家に行く、ということは、否応《いやおう》なく、あの日のことを思い出すはずだ。

自分をからかうつもりなら百年早いし、強がっているだけなら、その言葉にどんな顔をするのか見物だった。

だが期待とは逆に、泰丸はあっさりと答えた。

「俺はかまわないが？　……おまえが恐いんじゃなけりゃな」

むしろ、平然と挑発してくる。

「何が恐いんですか？」

思わず息を吸いこんで、三津谷はとぼけるように返した。だがその声も表情も、もちろん笑ってはいない。

「じゃ、いいな」

三津谷の問いを勝手に返事にして、泰丸はさっさと事務所を出る。

何かはめられたようで、むっつりとしながらも、仕方なく三津谷は事務所の鍵《かぎ》を閉め、男のあとについていった。

自分から言い出したことで、あとへは引けない。

それにまあ、男の手料理、というとおおざっぱなイメージだが、泰丸の腕がかなりいいのはわかっていた。

「今日は酒は飲みませんから」

とりあえず、それだけは言っておく。

ちらっとふり返った泰丸が、口元で小さく笑った。

一瞬、身構えた三津谷だったが、泰丸は何も言わず、代わりに何気ない口調で尋ねてくる。

「おまえ、自分では作らないのか？」

「得意じゃないんですよ。叔父が…、趣味で料理をする人でしたから、ずっと作ってもらうばかりで」

そんな言葉にふぅん…、と半歩先を行く男がうなる。

「じゃあふだん、何を食ってるんだ？」

それに三津谷は軽く肩をすくめた。

「たいていコンビニの弁当か外食ですね」

一人暮らしを始めてからも、やはり面倒だというのが先に立つ。

まあ、だからこそ、うかつに手料理が恋しくなったわけだ。

「そうだな…、じゃあ今日は天ぷらにするか。時間もかからないしな」

そんなメニューをさっさと決められるのも、三津谷にしてみればちょっとすごいな、と感心する。

どうやら泰丸は、中華とかイタリアンとか、料理屋で厨房《ちゅうぼう》のバイトもしていたらしい。やはり手先の器用さがものを言うのだろうか。

帰り道で買い物をして、泰丸の家で揚げたての天ぷらをごちそうになった。

季節の野菜やら、白身の魚、エビとイカ、そしてかき揚げもうまい。

三津谷はキッチンの前のカウンターに陣どり、泰丸が揚げていくはしから、お手製の天つゆや柚塩《ゆずしお》、ぴりっとした一味塩で変化をつけながら食べていく。

料理人の泰丸は、カウンターを挟んで立ったまま、自分で作りながらつまみ食いみたいにして食べていた。

悪いな…、という気がしないでもないが、案外、そんなのも楽しい。

天ぷらの中身を当てたり、リクエストしたり。キッチンにきれいに並ぶ調味料や香辛料の種類を尋ねてみたり。合間には、木佐との今日の打ち合わせの内容を確認——というより、チェックしたり。

ここしばらくずっと一人での食事だったから、やはり誰かと食べるのはうまいと思う。

おたがいに意地になっているように、あの日のことは何も言わなかった。

まるでなかったことのように。

本当に何にもなければよかったかな…、と三津谷はちょっとため息をつくように思う。

あの時、自分がうかつに誘ったりしなければ。

だったらもっと気兼ねなく、普通の友達としてご飯を作ってもらえたりしたのかもしれない。

これからも、また……来られたかもしれないのに。

あと片づけくらい手伝ってもいいところだろうが、やはり他人のキッチンだとまごつくのと、泰丸も自分で最後までやるのが習慣のようだ。手早く、段取りよく片づけていくのに、手の出しようもない。

腹ごなし、というわけでもないが、泰丸が片づけている間、三津谷はリビングのローテーブルにのせてあったセットの模型をいろんな角度から眺めていた。

基本は段ボールやボール紙だろうが、小さな人間や、樹木や植えこみなど建物の外の様子も作りこまれ、軽く色づけされていて、細かいな…、とさすがに感心する。

「これ、組み立て工場のシーンですね?」

後ろから近づいてきた男の気配に、三津谷は尋ねた。

「よくわかったな。脚本、読んでるのか?」

ほう…、とつぶやいて、グラスでビールを飲みながら泰丸が聞き返してくる。

「それは、一応は。どのくらいロケがあるか、どのセットが必要かで予算が変わりますし。どのくらいの規模でエキストラがいるかとか…、手配の必要がありますから」

「監督もこだわるからな…。前回はバックに映りこむだけで沼を作ったし。質感とか、細けぇんだよ。金もかかる」

「映画ですよ。嘘《うそ》を本当らしく見せるのが仕事でしょう」

ぴしゃりと言った三津谷に、グビッとビールを喉に通してから、泰丸が返してくる。

「監督は好きに作れと言ってくれたが？」

「あの人にお金の話をしてわかるわけがないでしょう」

腕を組みながら、三津谷は辛辣に鼻を鳴らした。

「本物を使って本物に見せるのは簡単なことです。プロなら予算を抑えて、本物以上にリアルに見せてほしいですね」

「素人が言うのはそれこそ簡単だな」

「私の仕事は電卓をたたくことですからね。本当に必要な予算なら、私を納得させることです」

勢いで言い切ると、三津谷は泰丸の手にしていたグラスをぶんどり、残っていた半分くらいを一気に喉に落とす。

アルコールが心地よく胃に沁《し》みていって、ふう…、と口元を拭《ぬぐ》った次の瞬間だった。

「あ…」

ぐしゃ、と嫌な音が背中で聞こえ、一瞬、三津谷は血の気が引く。

無造作に投げ出した腕が、何かに当たった感触があった。

息をつめて、おそるおそるふり返ると——案の定、模型の三分の一くらいがゴジラに襲撃されたように押し潰されていた。

「す…すみません…っ！」

さすがに飛び上がる勢いでそこから離れ、三津谷はうわずった声であやまった。

酒は今日は飲まない、と自分で宣言していたはずなのに。

いや、もちろん、グラス半分のビールで酔ったわけではない。が、まるで何かのジンクスのようだった。泰丸の前で酒を飲むと何かやらかしてしまう、という。

しまった、と思ったが、あとの祭りだ。

「おい…」

さすがに低くうなると、三津谷の身体を押しのけるようにしてかがみこみ、泰丸が模型をチェックする。

そしてハァ…、と手のひらで前髪をかき上げて、大きなため息をついた。

「スタッフが二日がかりで作ったんだぞ、これ」

じろり、とにらまれて、三津谷もさすがに言い返せない。

「これで貸し二つだな」

と、いかにも悪い顔でにやりと笑い、泰丸が指摘した。

「なんで…っ？」

思わず、三津谷は声を上げる。

「一つはもう返したでしょう…！」

とっさに反論する。

融資に口をきいてやったはずだ。……まあ、担保も十分だったし、三津谷が行かなくとも審査は通った公算が大きいが。

「そうだな。つまり、おまえは俺に借りを返すたびにまた増やすんだな。律儀なことだ」

やれやれ…、とあきれるように言われたが、確かに言い返せない。

「それで、今度は何で返してくれるつもりだ？」

「だから、あやまってるでしょう…！」

三津谷はムッとして開き直る。

「もちろん、直せるものなら私だって手伝いますけど…っ」

「よけい複雑に壊れそうだ」

バッサリと言い切られ、ぐっ…、と言葉につまる。

「あんたの指は電卓たたく以外には不器用そうだからな。予算は認めてくれないんだろ？　それ以外で、あんた、俺に何をしてくれるんだ？」

「だから……、それは、私にできることなら……」

もごもごと言った三津谷に、泰丸がいかにもな調子で顎を撫で、ふぅん？　とうなって、にやりと笑った。

「……じゃあ、ちょっと来いよ。カラダで返してもらうから」

さらりと言うと三津谷に背を向けて、すたすたと歩き始める。

——カ…、カラダ……？

三津谷は呆然とその背中を見つめてしまう。

「ちょっ…、泰丸さん、本気ですか…っ!?」

そしてあわてて、その肩をつかむようにして尋ねた。

「なんで？　今さらだろ」

無慈悲に言われ、三津谷は唇を嚙む。

そうかもしれない。でも。

「そんなに……よかったですか？」

何か暗い思いが身体の奥から湧《わ》き上がってきて、三津谷は低く尋ねた。

「そうだな…、思ったよりよかったかな。うん。結構、おもしろかった」

そんなあっさりとした言葉に、さらにみじめさが募ってくる。

思わずギュッと、自分の腕をつかんだ。

結局…、自分はそういう相手なのだろう。

誰にとっても都合がいいだけの。

……当然だった。自分がそんなふうに選んできたのだ。

上原の時だって…、泰丸にしても、自分が誘ったのだ。

カラダだけ――。

そんな言葉で。

本当はもっと、もっと別のものを求めているくせに。

「ほら、早く来い」

階段のところでふり返って呼ばれ、仕方なくのろのろと三津谷は足を動かす。

が、さすがに、え？　と気づいた。

ベッドルーム……なら、もちろん三階のフロアにある。リビングの隣だ。

まさか、屋外とか、特殊な場所でやるのが趣味とかいうヘンタイじゃないだろうな…。

そんな三津谷の内心にかまわず、泰丸は明かりをつけた階段を一階まで下りていった。

下りきってからパッと室内の明かりがともされると、中はだだっ広い倉庫になっているのがわかる。

コンクリートの床に、隅の方にごちゃごちゃと、なんだかわからないものが雑多におかれていた。ほんのかすかに、染みついたようなペンキの匂いもする。

と、その部屋の真ん中くらいに、いくつかテーブルが並べられていた。大小、いろんな高さのがある。

一番大きなのは、アンティーク調の猫足のやつだろうか。

ホテルのシーンの調度かな…、とは想像したが、しかしこんなところに連れてこられた意味がわからない。

「今、あれこれ試してるとこなんだが…、どのくらいの高さと大きさが必要か、決めかねててな。なるべく低くしたいんだが、この下である程度アクションができなきゃ困る。で、ちょっとどんな動きができるか、見てみたいんだ」

「カラダ…って…、そういうことですか？」

泰丸の説明に、気が抜けたように三津谷はうめいた。

「なんだ？　期待してたのか？」

テーブルの一つに肘《ひじ》をつき、にやり、と泰丸が意味ありげな笑みを浮かべる。

「まさか…。あなたはこっちの人間じゃないでしょう」

あわてて視線をそらしながら、三津谷はなんとか平静に言い返した。

「まぁな…。だがこの際、試しておくのもいい」

「試すって……」

独り言のようにつぶやいた泰丸に、三津谷はちょっと混乱する。

試すだけなら、この間、やったはずだ。

「このスペースでセックスができんのか」

あっさりと言われ、三津谷は妙に悔しいような、腹立たしいような気持ちで、思わず冷淡に指摘した。

「そんなシーン、脚本にはないでしょう?」

「木佐監督は現場でだってがんがんシーンを変える人だからな。いつ出てきたって不思議じゃないさ」

「それは……」

いくら木佐監督でも、いきなりベッドシーンを入れるのは、さすがにやらないだろう。

……とは、思うのだが。

絶対にない――と言い切れないところが恐い。

「濡《ぬ》れ場はあらかじめ女優の事務所にだって許可をとらなきゃいけませんし…、そんないきなりの変更はありませんよ」

それでも必死に反論する。

「アクションもセックスも似たようなもんだ。セックスできりゃ、そこそこのアクションだってできるだろうよ」

勝手な理屈を口にして、男がじりっとにじりよってきた。

「ぜんぜん違います…！」

反射的に一歩、あとずさった三津谷だったが、すぐにそのテーブルの一つにぶち当たってしまう。

「おまえ、身長、何センチだ？」

と、ふいに耳元で聞かれ、えっ？　と妙な声を上げてしまう。

ほとんど身体が触れ合うくらいまで近づいていて、男の体温を頬に感じるようで。

ドクッ…、と身体の奥が震える。

「一七八…、くらい…ですが……？」

「だよな。女優よりはごついか…」

顎に手をやり、何か考えるように、うーん…、と泰丸がつぶやく。

やはりこの男の頭の中は映画のことしかないのか、と思うと、理不尽にもなんとなくムッとする。

自分だけが、意識しているようで。

「アクションだと、このスペースでどういう動きができるかってとこが問題なんだけどな…」

言いながら、いきなり腕がとられ、そのままテーブルの上に上体が押し倒されて、うわっ、と声を上げてしまう。

「ちょっ…、本気ですか……っ？」

思わず叫んだ三津谷の顔を真上から見下ろして、泰丸が小さく笑った。

「俺はいつでも本気だ。……と言いたいところだが、とりあえず形をやってみるだけだ。動ける範囲がわかるくらいいな」

そんな言葉に、三津谷はホッと息をついた。

が、すでに緩めていたネクタイに男が指を引っかけ、クッ…、と強く引かれる。しゅるっ、と布のこすれる音に知らず息を呑む。

そこまでやる必要があるのかっ？　と思うが、……まあ、監督と名のつく人間の考えることはわからない。

「押し倒すには、ちょうどいい高さだな…」

ふーむ…、と小さくつぶやいて、ぺろり、と男が舌で唇をなめた。

「女優だと足が浮くか…？」

ぶつぶつと言いながら、指がシャツの喉元から順に、弾《はじ》くようにしてボタンを外していく。一見無骨なのに、やはり指先は器用だ。

「カメラアングルは…、やっぱり真上からがそそるな……」

されていることも不本意だが、しかし時折挟まれるそんな技術的な確認には、なんだかムッとしてしまう。

いや、もちろん詫《わ》び代わりでセット作りに『協力』させられている身では、それを言う資格はないのかもしれないが。

「うっ……」

ざらついた指先に、はだけられたシャツの間からスッ…と肌を撫でられ、思わず喉の奥から声がもれる。

「そ…、そこまで……しなくてもいいでしょう……っ」

たまらずうわずった声が飛び出したのに、男がふっ、と低く笑った。

「いいぜ？　抵抗してみろよ。その方がアクションぽい」

にやにやと言ってから、さらに脇腹まですべり落ちた手のひらがゆっくりと腹筋をさする。

手の甲で大きくシャツが払われ、前がむき出しにされて。

「いいかげんに……っ」

とっさにその手首をつかんで押さえこんだ三津谷に、男は余裕でもう片方の指できゅっときつく乳首を摘み上げる。

「は…っ…ん…っ！」

その鋭い刺激にびくっと身体を震わせ、大きくのけぞらせた。

「やばいな……」

荒い息を整える三津谷の上から、いくぶんかすれた声が落ちてくる。

「マジでその気になってきた」

「な…っ」

思わず目を見張って呆然と男を見つめた三津谷に、泰丸が小さく笑う。何か困ったみたいに。

「ちょっとからかうだけのつもりだったんだけどな…」

「からかうだけって……」

うかうかと乗った自分が恥ずかしく、腹も立って——いや、しかし。

ごくり、と三津谷は唾《つば》を飲みこんだ。

その気になってきた、ということの方が、今は問題のはずだ。

……もちろん、すでに一度寝ているわけだし、今さら、なのかもしれない。

だが、今は素面《しらふ》なのだ。酒の上での冗談ではすまない。

「やっぱり男なんだよな…」

確かめるように指先が胸を撫で、小さくとがっていた乳首を強く指で弾く。

身体の奥に響いてくる刺激に、くっ…、と三津谷は歯を食いしばった。

「今さら…っ…、この間だって見たんでしょう…っ？」

「まぁ、見たは見たが」

にらむように男を見上げた三津谷に、あー…、と泰丸が顎を撫でる。

「こないだな…。おまえはずいぶんノリノリで俺の上に乗ってきたけどな…」

あからさまに言われて、三津谷は思わず視線をそらせる。

「けどおまえ、まともじゃなかったし。俺も酔ってる人間相手にやる気もなかったし」

「え…？」

そんな言葉に、三津谷は思わず目を見張った。

「どういう……ことです？」

にやっと男が笑った。

「でもおまえがなんか必死でせがんできてな。収まりそうになかったから、指でいかせてやっただけ」

――指……で……？

「そ…そんなこと……」

あまりの恥ずかしさに、カーッと全身が熱くなる。

「……おっと」

いたたまれずとっさに逃げようとしたが、再び男の腕に押さえこまれた。

両手首がとられ、テーブルに張りつけにされて。

「今日はおまえも素面だし。こないだだって…、俺の上であえいでひとりでイッってるおまえを見てるのも、結構、ツライもんだったぜ…？」

からかうようでもなく、しかし思い出すように口元でかすかに微笑んで言った男に、三津谷はたまらず、顔を背けたままわめいた。

「覚えてません…っ」

耳まで真っ赤になっているようだった。

「今日は…、ダメなのか？」

が、静かに落とされた声に、三津谷は思わず息を呑む。

そっと向き直った三津谷の目に、強い男の視線がまっすぐに落ちてくる。

いいわけない——、と思うのに。

最後までやっていないのなら、これ以上、深入りしてはいけないと思うのに。

相手から求められる——ということが、じわっと甘い毒が体中に広がるようにうれしかった。

自分から誘うのではなく、求めてもらえることが。

「そんなことを言って…、本当にできるんですか…？」

あえぐように、震える声で三津谷は尋ねていた。

じっと男を見上げたまま。

途中で萎《な》えられるとよけいにみじめになる。

その言葉に、泰丸の表情に大きな笑みが広がった。

「わくわくしてきたよ」

そう言うと、いったん離した手をすっと顔の方へ伸ばしてくる。

「眼鏡、外しとくぞ。途中で壊れるとまずいからな」

律儀なんだかなんなんだか、そんな言葉がやけに生々しい。

男の手で眼鏡がとられ、視界がいくぶんぼやける。それを三津谷の頭上にある別の棚にのせている男の顔も。

目を閉じて、そっと息を吸いこんだ。

別に…、緊張するようなことじゃない。

そう、思うのに。

「あ…」

再び目を開いた瞬間、男の顔がくっきりと見えるくらい間近にあって、三津谷はちょっとあせる。

男の指が三津谷の乾いた唇に触れ、頬を撫で、するり、と額の髪をかき上げていく。

「目、つぶれよ」

ちょっと笑うように、かすれた声で言われ、三津谷はカッ…、と頬が熱くなるのを感じた。

なんで男は初めての人間に、そんなセリフを言われなきゃいけないんだ…っ、という怒りにも似た恥ずかしさ。

反射的に三津谷は腕を伸ばすと、ぐっと男の後頭部の髪を無造作につかみ、そのまま引きよせるようにして唇を奪った。

一瞬、驚いたように身を引きかけた泰丸だったが、すぐに熱い舌が唇をなぞり、深く中へ入りこんでくる。

「ふ…、ん……っ」

舌を絡め合わせ、何度もキスを重ねる。

くちゅ…っ、と濡れた音が耳に弾け、疼くような羞恥《しゅうち》が胸ににじんだ。

ようやく唇を離し、ホッと息をつく。

目が合って、三津谷は気恥ずかしさを隠すように強気に言った。

「私を実験台に使うつもりでしたら…、せめて満足させてほしいですね……」

「善処はする。けど、初めての人間にあんまり期待されてもな」

言いながら、男の指が顎から首筋を這《は》い、それを追うように唇がすべり落ちてくる。

肌をたどるやわらかな舌の感触に、ぞくり…、と身体の芯《しん》が震えた。

初めてでもないのに。

見つめられる視線の強さ、だろうか。

自分の動き、表情の一つ一つが男の目に刻みこまれるようだった。

あるいは、指先に。

その形を、あるいは質感を確かめるように、男の指先が三津谷の身体をなぞっていく。

こんな目で見られるのも、触れられるのも、初めてだった。

硬い指先が鎖骨を撫で、その下で小さく存在を主張している乳首に触れる。

「あ…っ…」

指先でなぶられた瞬間、うわずった声がこぼれてしまった。

「感じるのか？　ここ」

遊ぶように二、三度転がされただけで、三津谷のそこはあっという間に硬く芯を立ててしまう。

さらに指先の感触を楽しむように、男がそれを押し潰し、きつく摘み上げる。

「はっ…、あぁ……っ」

ぞくり…、と身体の奥に走った痺《しび》れに、たまらず三津谷は身をよじる。

その身体を押さえこみ、そっと男が顔を伏せてきた。

「あぁぁ……っ！」

いじられて過敏になっていた乳首が濡れた感触になめ上げられ、高い声がほとばしる。

キスを落とすように小さな芽をついばみ、なだめるように舌先で愛撫《あいぶ》を施されて、三津谷はこぼれそうになったあえぎを必死に唇を噛んでこらえた。

「……っ…、ふ……っ」

「明かり…、消してください……っ」

天井から落ちてくる光がまぶしくて、身のおき所がない気がして。

無意識に片腕で自分の顔を隠すようにしながら、あえぐ息の下でうめくように言ってみる。

「真っ暗な中じゃ、いろいろ検証できないだろ？」

しかし男の声が無慈悲に返ってきた。

何の検証だ…っ、という気はしたが、男の手が下肢《かし》に伸び、ベルトを外し始めたのに、びくり、と

腰が揺れる。

ズボンの布の上から手のひらで触れられて、すでに硬く反応を始めているのがわかったのだろう、喉で低く笑う。

カッ、と頭に血が上るようで、三津谷は思わずその手をつかんだ。

そのまま寝かされていたテーブルから身を起こすと、いくぶん荒い息で男をにらみつける。

「ひとりで遊ばないでください」

低く言うと、三津谷は男の足下のコンクリートへ膝をつき、手早く男のベルトを外していく。

「おい…、三津谷」

いくぶんあせったように止めようとする男の手をふり払い、そのまま一気にジッパーを下げると、下着を強引に引き下ろし、中のモノを引き出した。

「立派なモノですね…」

つぶやくように言って、ちらっと上を見上げると、そりゃどうも…、と男が肩をすくめる。

しかし口調とは裏腹な熱い眼差しが、じっと三津谷の動きを見つめていた。

三津谷はわずかに唇を開き、軽く舌を出すと、うっすらと笑う。

「教えてあげますよ…。男の抱き方を」

そしてそっと、男のモノに舌を這わせた。

初めはその表面をなぞるように。やがて先端から深くくわえこんでいく。

口の中で男のモノがあっという間に硬く、大きく成長していくのがわかり、むずむずするようにうれしくなる。

「ん…っ、あ……っ」

しかし夢中で奉仕していた三津谷の頭がいきなりつかまれ、引きはがされた。

「ヤバイって…」

荒い息をつく泰丸の表情がどこか切羽詰まっていて、妙に楽しい。

——酔っぱらっているのかもしれない。

やっぱり、今日も。

頭の隅の、わずかに残った理性的な部分でそう思う。

だがもう止まらなかった。

と、腕を伸ばしてきた泰丸が三津谷を抱き上げ、そのままさっきのテーブルに、今度はうつぶせに上体がのせられる。

ぴったりと背中に男の身体が密着し、その熱と匂いにドキリとする。

前にまわされた手がすでに脱げかけていたズボンの中へ入れられ、ぎゅっと中心がつかまれる。

「ん…っ、いた…っ…」

思わずうめいた三津谷に、悪い…、とつぶやいた泰丸がわずかに力を弱め、そしてゆっくりとしごいていった。

大きな手の中で強く弱く愛撫され、次第にその動きに合わせて腰が揺れてしまう。

もう片方の手が足のつけ根から内腿を撫で、ズボンが膝まで落ちた。

「はぁ…っ、あ……」

男の手の中で、自分のモノが見る間に硬くしなり、先端から蜜《みつ》をこぼし始めたのがわかる。

「あぁ…っ、あ……ん……っ」

それを指先で拭われ、塗りこめるようにしてさらにきつくしごかれて、たまらず三津谷は腰を揺らした。

「可愛い尻、してるんだな…。こないだも思ったけど」

「つまらないことを…っ！　――あぁぁ……っ！」

背中で感心したようにつぶやかれて、思わず叫ぶ。

しかし男の濡れた指がふっと、何か試すようにして後ろのすぼまりまで落ちてきて、三津谷は思わず声を放った。

「きついな…」

独り言のように言った泰丸の指がいったん離れて、ホッとしたのもつかの間、ぬるりとした冷たいものがそこに塗りこめられる感触に、反射的に悲鳴を上げてしまう。

「な…なに……っ？」

うわずった声で尋ねた三津谷の頭の先に、コトン…、と白い容器がおかれていた。

「ハンドクリームだって」

「なんで…、そんなもの……っ」

用意がよすぎるだろうっ、と思ったが。

「手が荒れるんだよ、こういう仕事は。常備してんの」

あっさり返される。

ひやりとしたクリームがその部分にたっぷりと塗りこめられ、やがて指がぬるりと入りこんでくる。

ゆっくりと抜き差しされ、その大きさに馴染まされていく。指の節の感触にも、長さにも。

三津谷はテーブルに腕をついたまま大きくあえぎ、木目のテーブルに唾液《だえき》がこぼれ落ちてしまう。

「ここ…、感じるのか？」

敏感に三津谷の反応を感じとった男がさらにひっかくように指を動かし、三津谷はたまらず腰をきつく締めつける。

「イイみたいだな…」

三津谷の肩口でそっとささやくように言った男が、前と後ろと、同時に指で攻め始めた。

「あぁ…っ、は……あ……ん……っ」

三津谷は何かにすがろうと必死に爪《つめ》を立てるが、つるつるとしたテーブルではすべるばかりで。それでも必死に手を伸ばして、端を握りしめる。

頭の中が熱く、煮詰められたように白くなっていく。

指だけでイカされそうになって、ぶるっと、身震いする。

「テ…テーブルの下……アクション……できるか…、試すんじゃ…ないんですか…っ？」

そもそもそれが目的だったはずだ。

翻弄《ほんろう》され、あせる思いで必死に言うと、ようやく、ああ…、とようやく思い出したように、泰丸がつぶやいた。

「そうだったな」

そしてゆっくりと両手を離すと、いきなり三津谷の身体を抱き上げ、そのままテーブルの下へ寝かされた。

「バカ…っ、床が冷たい…っ。指が当たる…！」

さすがにテーブルの下というスペースは狭く、薄いシャツ越しに硬く冷たいコンクリートの感触が背中に痛い。無意識に動かした手も、すぐに鉄の猫足にぶつけてしまう。

「文句が多いな」

やれやれ…、というように、泰丸がうなった。

「現場で使う時は、下はフローリングのはずだ」

「私は役者じゃありません…っ」

今現在が問題なのだ。

「いいから、感じとけよ」

言いながら、泰丸は三津谷の両足を抱え上げた。

床へ倒された時にズボンと一緒に下着も脱がされ、男の足で無造作に遠くへ蹴りやられている。

わずかに腰が浮かされた瞬間、跳ね上げた足の先がテーブルの天板にぶち当たる。

かまわず泰丸はそれを折り曲げるようにすると、自分のモノを後ろにあてがった。

「いて…っ！」

が、身を起こした瞬間、泰丸も頭をテーブルにまともにぶつけてしまい、さすがにガタガタと大きくテーブルが揺れた。

くっ…、と、こんな状態だというのに、三津谷は思わず噴き出してしまう。

「バカ」

ちっ、と短く舌を打つと、三津谷の腰を押さえこんだまま、男はぐっ…、と中へ入りこんできた。

「——は……、ぁ…、あぁ……っ」

一瞬、ぎゅっと目を閉じ、身体に力が入っていた三津谷だが、ゆっくりと力を抜き、男を受け入れる。

じわり、と熱く、太い固まりが身体の芯を貫いていく。

無意識にきつく、男の腕をつかむ。

時間をかけて根本まで収め、泰丸が身体の上でホッと息を吐いた。

「いいな…、おまえの中……」

ため息をつくように言われて、ちょっとうれしくなる。

じっと三津谷を見下ろした男の手が、そっと頬を撫で、唇を重ねてくる。

三津谷も腕を伸ばして、かき抱くように男の頭を引きよせた。

舌を絡め、キスの合間に腰が揺さぶられる。

「ん…っ、……あぁ……っ」

身体の奥からじわり、と甘い快感がにじみ出す。

片足が抱えられ、いくぶん強く腰が使われて、三津谷は夢中でそれを締めつける。

と、いきなり、身体が反転した。

「なっ…、おい…っ！　——いた……っ！」

思わず声を上げた瞬間、さっきの泰丸のように後頭部をテーブルにぶつけてしまう。

体勢を入れ替えられたのだ。

つながったまま、男の腰をまたぐようにして、三津谷が上に。

「おまえ…っ！」

「このくらいの動きは試してみる必要があるだろ？　アクションなら、二人でつかみ合って転げまわるくらいいな」

すかした顔で泰丸が言った。

「ヒーローはいったん下になって、危うくやられそうになる。そこからどう展開するかが問題だが」

「このまま天国に行かせてあげますよ…っ」

思わずわめいた三津谷は、男の腹の上でそっと身体を持ち上げた。

頭を上にぶつけないように、ゆっくりと腰だけ上下させ、締めつけてやる。

男が小さなうめき声をもらした。

伸びてきた手が、三津谷の腰骨のあたりから脇腹をそっと撫でる。

三津谷は腰を揺らせながら、唇で笑って男を見下ろした。

「それで？　このあとの展開はどうするんですか……？」

「そうだな……」

かすれた声でつぶやいた泰丸は、降参するように両手を挙げて言った。

「とりあえず、いかせてくれ」


「まったく…」

ようやく息を整え、ぐったりとした身体を持ち上げて、いたたた…、と三津谷は重い腰をさする。

「ケダモノですか…。こんなところで何度も」

こんな場所でやること自体が問題だが、一度ですまなかったのはさらに始末が悪い。

そろりと身体を持ち上げて、三津谷は手近なところに身体を預けた。

腰も、だが、背中も後頭部も、それに手も痛い。

ヒリヒリする手を見てみると、手の甲がすりむけていた。

せめて段ボールの一枚も敷いてくれる心遣いが欲しいものだ。

「んー…？」

それにのんびりと、ズボンをはきながら泰丸がうなった。

「どっちかっつーと、俺が食われた気分なんだがな…」

指摘されて、ちょっと赤くなる。

確かにテーブルの下から這い出したあとも、床を転がるみたいにして二人でじゃれあってしまったのは……男のせいだけではないのだろう。

「ひさしぶりだったんですよ。この間だってまともに意識はなかったし。そうでなければ、こんな悪食はしません」

辛辣な三津谷の言葉に、泰丸が苦笑する。

「にしては、ずいぶんがっついてたようだが？」

その指摘に、三津谷は思わず手元にあった何か——スプレー缶のようなものだが、眼鏡がないのでよくわからない——を男に投げつけた。

「今、相手、いないのか?」

あっさりとそれをよけ、飄々《ひょうひょう》と男が尋ねてくる。

「いたらあなたとこんなところでこんなことはやってません」

何気ないような問いに、むっつりと三津谷は答えた。

四六時中、男をあさっているわけではないし、つきあっている相手がいれば、他に求めることもしない。

「……まあ、そうだよな」

泰丸がうなずきながら下だけはいて、脱ぎ捨てていたシャツを持ち上げると、パタパタとふってホコリを落としている。しかしすでに使いものにならないくらい、皺《しわ》だらけで汚れているだろう。

多分、自分のも。

……何を着て帰ればいいんだ……?

と、知らずため息をもれてしまう。

「だったら、いいじゃないか」

が、そんな三津谷の内心にかまわず、あっさりと泰丸が言った。

そして、にやり、と三津谷を見下ろしてくる。

「また協力してくれたら、予算が削減できるかもしれないぞ?」

……殺し文句だ。

思わず三津谷は黙りこんだ。

もっとも、いつもこんなところでされるのは勘弁してほしいが。

もちろん、恋人――というわけではない。

しかしその日から時々、三津谷は仕事帰りに泰丸の家を訪れるようになっていた。三津谷のマンションから、電車でほんの二駅と、案外近い。乗り換える必要もなく、木佐のオフィスから帰る時に二つ手前で下りればいいだけだ。

三津谷にとっては、途中で夕食を食べていく、という感覚でもあった。

木佐からの伝言やら指示を言付かって、それを言い訳にすることもあったが、泰丸にしても、三津谷が夕食の材料を買って行ってやるのは助かるようだった。どうやら外食が苦手らしい。

なので、行く前にはメールで買っていくものを聞いてから、指示された材料を買いこんでいくのだが、初めのうちはさんざん、文句を言われてしまった。調味料のメーカーが違うだの、野菜の鮮度が悪いだの。

今は木佐の映画の仕事にかかっているようだが、それでも料理を作ることはよい気分転換であり、時には発想のきっかけにもなるらしい。

食事をして、そのあと、翌日が休みであれば、そのまま泰丸の部屋に居すわって、だらだらと一緒に映画を見たり。

さすがに映画好きらしく、泰丸のＤＶＤのコレクションはかなりのものだ。それだけでなく、資料だろう、画集や写真集だけで一室が埋まるほどもある。

映画のように恋が始まる――、などということは、現実にはほとんどあり得ないわけだが、案外、こんな関係もいいのか…、という気がしていた。

気楽で。言いたいことが言えて。

泰丸はおおざっぱで無頓着なようで、やはり繊細な部分もあるのだろう。

人の気持ちを読むのがうまい。人の弱みを意地悪くつっついてくることもあるが、引き際をわかっている。だから、決して追いつめてくるようなことはしない。

三津谷は恋愛に対して、あまり期待をしていなかった。

そう…、自分にとって恋愛というのは、それこそ映画の中にだけあるもののような感覚だったのだろう。

自分自身に起きるものだという意識がなかったのだ。

臆病《おくびょう》で。傷つけられるのが恐くて。

自分から強気に誘ってみせることは多かったが、それは常に相手が乗ってくる、とわかっている時だった。

ある意味、誘い慣れていたのは確かだ。

恋愛をしよう、ということではなく、セックスをしよう、という意味では。

その方が別れる時、つらくないから。

考えてみれば、いつも先が見えている相手ばかりを選んできたのかもしれない。

いつもハッピーエンドで物語が終わるわけじゃないから。

それなら、初めから覚悟ができている方がいい……。

銀行員時代の上原との関係も、流れのようなものだった。

将来を見据えて、上原が女性関係を自粛していて。それに三津谷がつけこんだ——と言える。

同期で入社した時から、目を惹かれていた。

何だろう…、目標に向かうまっすぐな自信。その強さ、だろうか。

三津谷にはそれがまぶしく見えた。

競うように営業成績を上げて。ライバルで、友人、だった。

きれいに、別れられるつもりだった。

……いや、別れる、というのは三津谷の方の感覚だったのだろう。

相手にとっては、そもそもつきあっているつもりだったかどうかさえわからない。

気楽なセックス・フレンド。

そんな身体だけのつきあいだった。

だが泰丸とは、何が違っていたのだろう？

不思議な感覚だった。

こんなふうに……じゃれるみたいにして同じ時間を過ごすのは。

だんだんと、週末に泰丸の家を訪ねて、そのまま泊まっていくのが習慣になっていた。

泰丸も、それを容認していた。

……そして、身体を合わせることも。

三津谷が映画を見ている横で、泰丸が模型を組み立てていることもあったし、資料本をめくっていることもあった。

おたがいがバラバラなことをしているのに、なぜか心地よい空気で。

時々…、恋人のように錯覚することがある。

朝、温かい人肌のベッドの中で目覚めた時とか。

その腕が、自分を引きよせるようにまわされた時――。

ふだんの、無精ヒゲだらけのだらしない顔を見た時。

気を許してくれているようで。

会うたびに気づく、いろんな発見が楽しくて。

「どうして…、私につきあってくれてるんです？」

ベッドの中で抱き合ったあと、けだるい熱をまとったたまま、そんなふうに尋ねたことがある。

眼鏡をとっていたので、相手の顔がよく見えなくて。

男の身体に上から重なるようにして、至近距離からその顔を見つめていた。

「んー…？　そうだな……」

まどろむように目を閉じたまま、泰丸が無造作に腕を伸ばして、指先で三津谷の背中をたどっていく。

その感触が心地よくて。大きく身体をしならせる。

「最初におまえが俺に乗っかって来た時…、してしてって甘えてきたのが可愛かったからかなー……」

「泰丸さん」

本気か冗談かわからない口調でそんなふうに言われて、知らず顔が赤くなった。

それでもあえて、平然と言い返してみる。

「そんな…、もう小悪魔系のキャラができる年でもないですけどね」

そろそろ三十になろうかという、トウの立ちきった年齢だ。

「そうだな。おまえはどっちかっていうと大悪魔だからな」

が、それにあっさりと泰丸は言い放った。

「もう少し予算に甘けりゃ天使様と呼んでやるんだが」

男の指先が三津谷の髪を撫でながらぼやくのを、三津谷は男の胸にぺったりと顔を伏せたまま、くすくす笑いながら聞いていた。

「最後の審判を告げる天使は、案外、厳しいと思いますけど？」

さらりと言うと、むぅ…、と男がうなる。

少し、浮かれていたかもしれない。

考えてみれば、こんなふうに相手の男の家で過ごしたことが、今まで一度もなかったから。

相手のプライベートに踏みこませてもらったことがない。

たいてい関係を持つのは、ホテルでなければ、三津谷の部屋の方だった。

自分から行くことはできず、ただ待つだけ。

そして結局一人、残されるのだ……。

それがあたりまえで……こんなふうに、男の家でくつろげる楽しさを知らなくて。

もちろん、こんな恋人ごっこは幻想に過ぎないとわかっていたはずだったのに。

いつの間にか年末が近づき、日に日にあわただしく時間が過ぎていた。

赤と緑が街に溢れ、定番のクリスマスソングが耳に入り始めると、さらに追い立てられるような気持ちになってしまう。

実際、木佐の新作映画の制作発表は、暮れも押し迫った二十八日の予定だった。

その準備で三津谷の方もバタバタといそがしく、しばらく泰丸のところを訪れる暇もなかった。

木佐のスケジュールだけでなく、千波のスケジュールに関しても三津谷に問い合わせが殺到し、広報関係のスタッフとの打ち合わせが連日入り、その連絡や確認作業に追われていた。

制作発表にしても、今回は木佐の新作というだけの情報が先に流され、内容やキャストに関しては当日までトップ・シークレットということなので、かなり気も遣う。

それでも、世の中はにぎやかにクリスマス・イブを迎え、オフィスの女性たちも子供のためにクリスマスプレゼントを用意しているようだった。

そんな話を聞くと、せめてイブくらい……顔を見に行ってもいいかな、という気がする。

ケーキの一つも手土産にして。

酒も飲むが、泰丸は意外と甘党のようなのだ。

泰丸の事務所自体は、もちろん、週末は休みだが、泰丸自身は日曜も休日もないような仕事をしている。家にこもってアイディアを練ったり、イラストを描いたり、模型を作ったりしているのだろう。

この日、三津谷はなんとか夕方の五時過ぎに仕事を終わらせ、まわせるものは翌日にまわして、早めに事務所をあとにした。

特に、連絡をすることはなかった。

いつもそうだったから。

ふいに訪れても、たいてい泰丸は家にいる。……まあ、三津谷の訪れるのが、だいたい夜の七時もまわっているせいなのだろう。

最寄り駅で電車を降り、近くにケーキ屋があったかな…、とあたりを見まわした時だった。

さすがにイブの夕方らしく、どこもかしこもカップルだらけで、……しかしふっと、吸いよせられるようにその二人に視線がとまった。
二十五、六だろうか。ロングヘアのきれいな女性と……泰丸、だった。
よりそって歩く姿が、イルミネーションの輝く街の中、くっきりと瞳《ひとみ》に映る。

女はヒールを履いているのだろうが、身長がちょうど合っていて、雑誌の表紙のようにいいバランスだった。

長身の美男美女のカップルは明らかにまわりの目を惹いており、女の方は意識しているようだったが、泰丸はいつになくクールな雰囲気だった。着ているものも、ふだんのラフな格好とはまるで違う、垢抜けたスーツ姿だ。

腕を組み、いかにもこれからおとなのクリスマス・ディナーといった風情だった。

二人はこちらに気づかないまま、すれ違うように三津谷が出てきた駅の構内に入っていく。

三津谷は呆然と二人を見送ったまま、しばらく頭の中が真っ白だった。

「あっ、すみません…」

道行く人の肩がぶつかったのに、ようやく我に返る。

冬の寒さが急に首筋に沁みこんできた。

この人混みの中で、たった一人でとり残されたようで。

予約もなく、イブにケーキが買えるだろうか…、と心配していたりとか、こんな日に訪ねると泰丸は深読みするんだろうか…、とか。

ついさっきまで浮き立っていた気持ちが、スーッと足の先から地面へ流れ落ちていくようだった。

——なんだ……。

と、心の中でつぶやいた。

いたのか…、と。

イブを一緒に過ごすような相手が。

あんなにいそがしく働いていて、女とつきあうようなヒマもないようだったのに。

だから自分と——ああいう関係にもなったのだろう、と思っていた。

あるいはクリスマスを前に、人並みにあわてて恋人を作ったのか。

どこか見覚えのある女性だった。

女優…か、あの身長ならモデルかもしれない。

しかしパッと名前が出てこないということは、週刊誌に追いかけまわされるほどの人気女優というわけではないのだろう。木佐の映画に出たことはないはずだ。

しかし泰丸も、業界の人間の端くれらしく、そのくらいのつながりはあったらしい。

ふっと、なぜか口元で笑っていた。

ケーキを買う前でよかったな…、と思う。

ゆっくりと、三津谷は歩き出した。

二駅くらいなら、自分のマンションまで歩いて帰ってもたいした距離ではない。

恋人がいるんなら、自分との関係を続ける必要などないはずなのに。

それともやはり、予算のため……だったのだろうか？

三津谷をエサで釣って、カラダで釣って。

油断させて。

そう思うと悔しかった。

そんなに簡単に手懐けられる、と思われたことが。

……こんなにあっさりと、手懐けられていたことが。


森長菜穂《もりながなほ》——というのが、彼女の名前だった。

タレント名鑑でその宣材写真を見つけ、三津谷はちょっとため息をつく。

モデル出身の女優で、代表作というほどのものはなかったが、ちょこちょことドラマや映画にも出ているらしい。日本的な、しかし気の強そうなきつめの眼差しが印象的だ。

そういえば、二、三年前のヒットしたドラマに、準主役くらいで出ていたようにも思う。それで顔を覚えていたのだろう。

もっともそれ以降、役に恵まれなかったのか、あまり目立った活躍はないようだったが。

「……なぁに？　彼女みたいなのがタイプなの？」

いきなり背中から声がかかって、ハッとふり返ると、千香さんが三津谷の肩越しにのぞきこんでいた。コーヒータイムだったらしく、片手にカップを持って。

「え…、いえ。タイプというわけじゃ。この間…、その、知り合いと歩いているのを見かけたので、誰だったかな、と思って」

そんなふうに、あながち嘘というわけでもなく答えた三津谷に、彼女がわずかに眉をよせる。

「ひょっとしてそれ、泰丸さん？」

しかし聞き返されて、えっ？　と三津谷は声を上げそうになった。

「どうして……ですか？」

三津谷がうといだけで、それほど二人の仲は有名だったのだろうか。

うーん…、と千香がわずかに言いにくそうに口ごもってこめかみをかいたあと、ま、いいか、と肩をすくめて、わずかに身を乗り出してくる。

「二年前にね、ほら、『トータル・ゼロ』の映画を撮る時。彼女、監督に枕営業をかけてきたみたいでね…」

低い声でいくぶん早口にそう言ってから、千香が苦笑した。

「監督もああいう人だし」

確かに、木佐はその手の噂の多い男だ。実際のところ、どうなのかはよくわからないが。

「ホントですか…?」

さすがに三津谷は目を見張った。

そのことを……泰丸は知っているのだろうか……?

もし、知らなかったら。

告げ口するようなことをするつもりはない。

しかし、もし知ったらどうするだろう……?　――と、そんなことを考えてしまう自分に、むかむかしてくる。

「でも、この人、監督の映画には出てませんよね?」

三津谷がこの事務所で働き始めたのは、ちょうどその映画がクランクアップしたくらいの時だった。だから制作に直接タッチしたとは言えなかったが、それでもキャストについては把握していた。

制作段階からは一人、準主役の大きなところで変更があったが、森長の名前はなかったはずだ。

「ええ。だから当時、嫌な噂があったのよ」

「嫌な噂?」

顔をしかめた千香に、三津谷が聞き返す。

いくぶん口ごもるようにしてから、千香がようやく口を開いた。

「森長菜穂って、その当時にカナエさん…、泰丸さんとつきあってたって話なのよね」

えっ?　と今度は本当に、三津谷は声を上げていた。

「どういうことですか?」

「泰丸さんって、前にいた事務所のデザイナーともめて独立したのよ。三年くらい前ね。でも、前の事務所ってこの業界では結構、力のあるところだったから…、独立した当初はほとんど仕事がなかったみたいで。今みたいに売れっ子になるきっかけが、木佐監督のあの作品だったのよ」

二年前の――『トータル・ゼロ』。

「木佐監督としては、美術監督をほとんど無名の新人に任せたってことなの。だから」

千香がちょっとため息をつく。

「泰丸さんが自分の恋人を木佐監督のところにやったんじゃないか、って」

「まさか、そんな……！」

思わず三津谷は、声を上げて立ち上がっていた。

ガチャッ、と事務イスが耳障りな音を立てる。だがそれも、耳に入ってはいなかった。

そんなことはあり得ない。

あの泰丸が――仕事を得るために恋人を利用するなどということは。

三津谷は無意識に首をふった。

「だから、そんなことを言う人もいたのよ。やっかみ半分だろうけど。そのせいか、二人も別れちゃったみたいだしね」

三津谷の勢いにわずかに身を引きながら、なだめるように千香が言う。

ではあの二人は……二年ぶりによりをもどした、ということなのだろうか……？

二年前の映画の続編が発表される、このタイミングで？

……そうだ。

むきになっていた自分がおかしく、三津谷はのろのろとイスにすわり直した。

予算をとるために泰丸が自分を抱いたのなら、そのくらいのことはやってもおかしくないのかもしれない。

そんなふうにも思う。

どんな幻想を引きずっていたんだろう…？

もともと映画のことしか頭にない男だ。セットの調整のために男とセックスができるような。

さっぱりとした気質だと思ったが、案外、駆け引きもうまいのかもしれない。

用途に合わせて、いろんな道具を使い分けて。

それに、罪の意識もないのだろう。

何が問題なんだ？

と、平気な顔でそんなことを言いそうで。

そもそも、自分から泰丸を襲ったようなものだ。罪の意識は、むしろ三津谷が持つべきだったのかもしれない。

あんまり自然に受け止めてくれたから。

仕事上でのつきあいも、プライベートも。

いつの間にか、自分の都合のいいように、勝手に解釈していたのかもしれない。

あの家が居心地がよくて。泰丸との会話が楽しくて。料理がおいしくて。

手懐けられていた…、ということなのだろう。こんなに簡単に。

それがひどくみじめだった。

◇

◇

それから、三津谷が泰丸と連絡をとることはなかった。

もともと泰丸の方から連絡をよこすことは少なく、さすがに年末のあわただしい中、木佐の事務所に顔を見せる余裕もないようだった。

年が明けるまで顔を見ることはないんだろうな…、とぼんやりと思っていたから、新作の制作発表の日、ホテルで出くわした時には、正直、驚いた。

「……よう、ひさしぶりだな。どうした？　最近、顔を出さないじゃないか。やっぱり年末はいそがしいのか？」

いつものように気軽に声をかけてきた泰丸に、三津谷は一瞬、身構えてしまう。

無意識に目をそらし、いくぶん固い口調で答えた。

「別に、行く用事もなかったですし。……あなたこそ、こんなところでどうしたんですか？」

まさか美術監督が制作発表に参加するわけでもないだろう。

実際、よそ行きなスーツでもなく、ふだんのジーンズとラフなジャケット姿だ。マスコミ向けではなく、取材というわけでもないようだが。

「や、監督がこのあと時間をとってくれるっていうんで、模型を見てもらおうと思ってな。野田さんたちにも見せたいようだったし」

それにあっさりと泰丸は答えた。

泰丸のオフィスからだと、木佐の事務所まで行くよりもこの都心のホテルの方がずっと近い。

なるほど、片手にはかなり大きめのかっちりとしたバッグを提げていた。プラスチックケースにでも入れて、持ち歩いているのだろうか。

「おまえ、クリスマスはどうしてたんだ？　そのあたりには顔を見せるかと思ってたんだが。どうせ、一人だったんだろ？」

白々しく、冷酷に——何気ないように聞かれて、三津谷は思わず息を吸いこんだ。

それでも何でもない顔で答える。

「クリスマスですからね。やっぱり特別な日くらい、好きな男と過ごしたいでしょう？　ホテルに部屋をとってくれましたから」

強がり…、というか、見栄《みえ》、意地なのかもしれない。

つまらない、自分のプライドを守るための。

カラダを合わせてはいても、好きなのはおまえじゃない——と。

そんな三津谷の言葉に、うん？　と泰丸が低くうなる。

もちろん、それが自分でないことはわかるはずだ。

アテが外れたようだな…、と、三津谷は内心で冷笑する。

「好きな男？」

目をすがめ、いくぶん固い声で泰丸が聞き返してきた。

「まさか…、あの男か？　銀行で会った…、おまえの元同僚の。上原だったか」

その眼差しが険しくなる。

「女房持ちだろう？　不倫…、てわけか？」

泰丸がさらに淡々とした、感情の消えた声で尋ねてくる。

泰丸としては、やはりそこに想像が行くのだろうか。

誰でもよかったのだが、三津谷はそれに乗った。

「ええ、ひさしぶりにね……。偶然会って、よりがもどったんですよ」

何の気なしにそう言った三津谷は、そういえば泰丸もよりをもどしたんだな…、と思い出す。ちょっとおかしくなって、思わず小さく笑ってしまった。

「三津谷、おまえ…！」

それがカンに障ったのか、男の声がわずかに気色ばむ。

かまわず、三津谷は続けた。

「やっぱり重役のお嬢さんとの結婚生活は疲れるようですから、息抜きが必要みたいですよ。あなたのカラダにもちょうど飽きた頃《ころ》でしたし、……ありがとうございました。いい遊び相手になってもらって」

ことさら、相手を傷つける言葉だったのかもしれない。

ただそう言わなければ、自分がみじめだった。

「おまえ…、本気で言ってるのか、それ？」

低く押し殺した声で、瞬きもせずに三津谷をにらみ、泰丸が尋ねてきた。

じりっと、その大きな身体がにじりよってくる。

「あなただって、私とのことは遊びだったんでしょう？　もともとあなたは私のタイプというわけじゃないですしね。――つっ……！」

瞬間、ガン…、と三津谷の肩が壁にたたきつけられた。じん…、とした痛みが背中から広がってくる。

「おまえ…、どういうつもりだ…っ？」

いつになく怒気をはらんだ男の声が耳に刺さる。

やはりこの男でも、自分が遊ばれていた、というのは認めがたいのかもしれない。

「あなたにどうこう言われることじゃないと思いますが？　別に恋人だったわけじゃないでしょう？」

それをまっすぐににらむようにして、三津谷は冷ややかに返した。

「いいじゃないですか。あなたもお初の経験ができたのですし、私も持て余していた間、身体を慰めてもらった。おたがい、よかったでしょう？」

微笑んで――まったくなんでもないように三津谷は言った。

「そんなに…、ヤリたいだけだったのか……？」

凍りついたような、かすれた声が男の唇からこぼれる。片手で三津谷の襟をつかんだまま。

「相手は誰でもよかったのか？」

そして押し殺した固い声が問いただしてくる。

言葉の冷酷さと、自分を見下ろす眼差しの険しさに、一瞬、三津谷は息を呑んだ。

それでも、押し出すように低く答える。

「ええ。知ってるでしょう？　私は自分から相手の腰に乗る男ですよ。あの時はたまたまあなたが近くにいた。それだけです。……でも、あなたの名誉のために言わせてもらうと、悪くはなかったですよ？」

あえて、そんな露悪的な言葉を返す。

じっと自分をにらむ泰丸の指が、小さく震えているのがわかる。

それでもやがて、スッと襟をつかんでいた手を離した。肩を落とすように大きく息を吐き、前髪をかき上げる。

「……俺は案外、本気だったんだけどな」

ポツリ…、とつぶやくように言われた言葉に、三津谷はハッとした。

「泰丸さん…？」

その言葉に、三津谷は一瞬、混乱する。

いや、だがそれは言い訳なのだろう。自分を正当化したいだけの。

「——三津谷さん！　ちょっと、お願いします！」

と、その時、スタッフの呼ぶ声が泰丸の背後から聞こえてきて、ハッ、と三津谷はそちらに向き直った。行きます！　と大きく返す。

「それじゃ。いい仕事をしてください。私を実験台に使ったんですからね」

軽く男の腕をたたくようにして、ようやくそれだけを言う。

——私を納得させられるものなら……予算は出す。製作委員会に頭を下げてでも、いくらでも交渉

してやる。

妙な小細工をしなくても、だ。

◇　◇

ホテルの広間の一室で、『トータル・ゼロ／β』――木佐の新作の制作発表が行われていた。

事前に内容がまったく公表されていなかっただけにいろんな憶測を呼び、多くのメディアが詰めかけている。今まで「続編」というものを作らなかった木佐の初めての続編に、会場は期待と興奮に包まれていた。

監督や千波を控え室から送り出したあと、三津谷は最初の五分ほど、会場の隅から会見の様子を眺めていたが、大丈夫そうだな…、と判断して、控え室の方へ一足早くもどってきた。

千波への取材依頼が殺到していて、それを整理するだけでも一苦労だ。映画の宣伝と思えば、全部を断ることもできない。

千波が日本にいることも、これではっきりとバレたわけで、これからの行動やここから抜け出す方法も考えなければいけないかもしれない。

マネージャーともなれば、身を挺してタレントをかばわなければならないだろうが、それほど体力に自信もないのだ。

そんなことを考えながら廊下を歩いていると、控え室のドアの付近で数人の男たちが集まっているのに気づいた。

なんだ…？　と思って角のところで立ち止まる。

「……あんたたちに話すことは何もないと言ってるだろう……！」

と、響いてきたそのいらだった声に、三津谷はハッとした。

泰丸の声だった。

わずかに顔をのぞかせて様子をうかがってみると、どうやら雑誌記者らしい男とカメラマン、そして泰丸の姿が見えた。

遠目にもその横顔はかなり険しい。

「でも、森長さんはそう言ってるんですけどねえ…？」

いかにもいやらしい言い方で、記者らしい男が尋ねている。

森長――というと、あの女優だろう。

泰丸の、恋人の。

「二年前、恋人だったんでしょ？　恋人のあなたに頼まれて、彼女は木佐監督と寝た。その代わりにあなたは美術監督にとり立ててもらった。そういうことでしょ？」

男の言葉に、三津谷は知らず息を呑んだ。

心臓が大きく音を立てる。

やはり千香の言っていた「噂」はかなり広がっているようだ。

「泰丸さん、どうなんです？」

しばらく返事をしない泰丸に、焦《じ》れたように男が詰めよる。

「……そう、彼女が言ったのか？」

顔を上げ、低く確認した泰丸に、ええ、と大きく男がうなずく。よし、というように、にやりと口元が緩んだ。

「あなたもその事実を認めるんですね？」

言質をとるように男が迫った瞬間、我慢できずに三津谷は飛び出していた。

「何をしてるんですか？　そこで」

男たちをにらみつけて、ぴしゃりと言った。

「ここはメディアの方は立ち入り禁止のはずですが？」

冷ややかな三津谷の声に、いくぶん記者たちが鼻白んだように視線を漂わせた。

「いえちょっと…、泰丸さんにも取材をね……」

「取材ですか？　私には言いがかりのようにしか聞こえませんでしたけどね」

「三津谷……？」

泰丸がいくぶん驚いたようにつぶやく。

「役者でもスタッフでも、木佐監督は自分で認めた人間しか集めません。そのことは、監督と仕事をした人間なら誰でもわかっていることです」

男たちをにらみながら、無意識に自分の口をついて出た言葉に、あ…、と自分で気づいた。

そうだ。そのはずだった。

木佐は……どんな美人が枕営業に来ても、平気で乗り逃げするような男だ。

むこうだって体裁のいいことではないから、仮にそういう状態だったとしても、何か言える立場ではないのをいいことに。

……という話だ。

どうしようもないオヤジだが、そういう意味では、自分の作品を作るのに手は抜かない。自分の納得できないキャストやスタッフを選ぶことはないはずだった。

「どちらの雑誌社ですか？ よろしければ、名刺をいただきたいのですが。あとで木佐に確認をとってお知らせしましょう」

まっすぐに男を見つめて言った三津谷に、もごもごと口の中で何か言い訳しながら、男たちはそそくさと消えていった。

その姿が消えてから、ハァ…、と思わず肩で息をつく。

「どうして否定しないんですかっ、あなたも……!?」

そしてくるりとふり返ると、泰丸の胸倉をつかむようにして叫び、そして廊下だということをようやく思い出す。

エレベータホールの方から、ホテルスタッフらしい男がトラブルかどうか確認するように顔をのぞかせていた。

三津谷は短く舌を打って、そのまますぐ後ろの控え室に、泰丸を押しこむようにして入りこんだ。

「三津谷、おまえ……」

いくぶん驚いたような目で、泰丸が見つめてくる。

「それとも…、本当なんですか？ 連中の言ってたことは？」

キッ、と男をにらみ上げて、三津谷は問いただす。

「……いや」

わずかに息を吸いこんでから、ようやく泰丸が答えた。

「菜穂は…、二年前の映画でどうしても役が欲しかったみたいでな…。俺が美術監督に内定したのを知って、自分を監督に推薦するように頼んできた。俺は無駄だと断ったんだが…、菜穂は自分で監督のところにいったらしい。だがそれをプロデューサーに見つかって…、とっさに俺に頼まれたんだと口走ったみたいだな」

「そんな……」

三津谷は絶句した。

まったく逆の話だ。それなら、裏切られたのは泰丸の方だ。

「だったら、どうして！　あんなことを言わせておくんですかっ！」

食ってかかるように男の胸をつかみ、三津谷は叫ぶ。

「この間…、クリスマス・イブの日に二年ぶりに菜穂に呼び出されて、また頼まれたんだ。だが俺は断った。その腹いせに、さっきの連中にあんなことを言ったのかもな」

では、あの日は……？

泰丸の言葉に、三津谷は小さく息を呑んだ。

「菜穂とは結構長いつきあいだったんだが…、昔はそんな感じじゃなかったんだ。純粋に芝居が好きで。それがしばらく前にちょっと売れて、でもそれ以来、ぱったりいい役が来なくなって、ずいぶんあせっていたようだ」

視線を落とすようにして、泰丸が一言一言、静かに口にした。

「そ…そういう問題じゃないでしょう…！　そんな妙な噂が流れたら、あなたの仕事にだって…！」

大きく差し障るはずだ。

それに泰丸がちょっと不思議そうに、そして苦笑するみたいに言った。

「おまえが怒ることじゃないだろう？　俺は役者じゃねぇし、きちんと仕事で見せればいいだけだ。わかってくれてる人間は笑い飛ばしてくれてる」

たいして気にしてもいないように言われ、三津谷はさらにキレそうになる。

「腹が立つんだから仕方ないでしょうっ！」

思わず叫んだ三津谷の言葉に、男がにやり、と笑った。

どこか人の悪い、イタズラを思いついたガキ大将みたいな目だ。

「おまえ…、そんなに俺に惚れてたのか？」

顎を撫でながらにやにやと言われ、その言葉が耳に落ちた瞬間、カッ…、と全身が熱くなった。

「なっ…、何をバカな……」

叫ぶと同時に、自分が泰丸とかなり密着していることに今さらに気づいて、あわてて身体を離す。

「誰もそんなことは言ってないでしょう！　そんな話をしているんじゃありませんっ」

そして無意識に視線を漂わせながら、言い訳みたいに口にする。

「そうか？　俺の耳には、すげぇ愛の告白にも聞こえるが」

「あなたの耳がおかしいんですよ」

ぴしゃりと言い切った三津谷に、男が喉で笑う。ふぅん…、と意味ありげに鼻でうなってみせた。

そしてちらっと腕時計に目を落とすと、一時十五分か…、とつぶやく。

制作発表は一時からだから、そんなものだろう。

あとどのくらい、かかるんだろうか…?

キャストなどの発表のあとは、今回出席している木佐や役者たちも質問に答える時間がとられるはずだ。

予測がつかず、なんとなく三津谷はそわそわする。

と、泰丸はポケットから携帯と、財布を探って名刺を一枚、とり出した。

そしてその名刺を確認しながら、ピッピッとボタンを押して、相手を呼び出す。

こんな時に、いったい誰に……?

と、さすがにうかがうように眺めてしまう。

「ああ…、もしもし、M銀行さんですか? 泰丸と言います」

「えっ?」

落ち着いた調子で口にした男に、三津谷は思わず声を上げた。

「上原さんをお願いしたいんですが。……ええ、そうです」

「ちょっ…、泰丸さん…! 何を言うつもりですか…っ!?」

呼び出してもらっているのだろう、わずかに携帯を口元から離して、こちらに向き直った泰丸があっさりと言った。

「おまえと不倫はやめろ、って」

その端的な言葉に、一瞬、頭の中が真っ白になる。

「そんな…、やめてください…っ！」

三津谷はとっさ男の携帯につかみかかった。

しかし体格に差があって、大きく手を上げられるとまったく届かない。

「やめて…っ、やめてください…っ！　違うんです…っ！」

泣きそうになりながら、三津谷はがむしゃらに腕を伸ばす。

「何が違うんだ？」

その腕を無慈悲に払いながら、泰丸が冷たい声で問いただしてくる。

「上原は…っ、違います……！　さっき私が言ったのは……違うんです！　上原とはあの時銀行で会ってから、一度も会ってません……！」

情けない思いに泣きそうになりながら、どうしようもなく白状した三津谷に、ようやく泰丸が長い腕を下ろした。

口元に笑みを浮かべて、パチリ、と、携帯を閉じる。

「泰丸…さん……？」

あまりにもあっさりとあきらめたのに、なかば口を開けて三津谷はそれを見つめた。

「知ってる」

短く言われて、声もなく目を見張る。

「もうあの男には電話した。さっきおまえから話を聞いたあと、すぐにな。今のはフェイクだ」

「な…、そんな……」

思わず顔色が変わってしまう。

それにふっ、と口元で泰丸が笑った。

「心配するな。聞いたのは、イブにおまえと会ったのか、ってだけだ」

つけ足された言葉に、さすがにほっと息をつく。だがそれでも変に思っただろう。

あるいは泰丸のことを今の三津谷の男だと勘違いしていれば、痴話ゲンカか何かと思っているのかもしれない。

「どうしてそんなこと…？」

が、安心すると同時に、怒りにもとまどいにも似た疑問が襲ってきた。

「そりゃ、あの男が離婚するつもりがなくて、おまえとつきあってるんなら許せねぇし」

「や、泰丸さん……？」

携帯を手の中でもてあそびながらあっさりと言われた言葉に、混乱して三津谷は首をかしげる。

「奥さんと別れて、もっかいおまえと、ってつもりなら、俺も腹をくくる必要があるし？」

「腹をくくるって……」

さらにどこか楽しげに言われ、三津谷は呆然と繰り返すしかない。

そして、意味ありげな目で見つめられて、思わずそわそわと視線をそらした。

……もちろん、そんな意味のはずはない。

そんな期待を、させないでほしいのに――。

じりっと近づいてくる男に、無意識にあとずさった三津谷は、知らず壁際まで追いこまれていく。

「観念しとけ」

と、いきなり耳元でささやかれて、ハッと顔を上げた瞬間、大きな手のひらに頬が包まれる。

触れた部分から、その温もりがじわりと沁みこんできた。

湿った吐息が頬に、唇に触れて。

そっと、唇が重ねられた。

びくっと反射的に身を引いた三津谷の腕が強引に引きよせられ、後ろから髪がつかまれて、逃げられないままにさらに深く、強く奪われる。

熱い舌が唇を割って中へ入りこみ、口の中をかきまわしていく。舌がきつく絡められ、たっぷりと味わわれる。

もう何も考えられず、三津谷は無意識に伸ばした手で男の肩をつかんでいた。

くちゅっ…、とかすかに濡れた音がして、ようやく解放され、三津谷はあえぐように大きく息をつく。

「どうして……？」

そして呆然と男を見上げ、かすれた声で尋ねていた。

「何が、どうして？」

そんな三津谷の顔をおもしろそうに眺めながら、泰丸が茶化《ちゃか》すように聞いてくる。指先が、眼鏡の上でわずかに乱れた前髪をかき上げてくれる。

「おまえ、俺が好きだろ？」

まっすぐな目でのぞきこまれるようにして聞かれ、瞬間、三津谷の顔に血が上った。

「まさか…！」

反射的に叫んで、笑い飛ばそうとして、しかし顔が妙な具合にゆがんでしまう。

「あ……」

あからさまにうろたえたような三津谷に、男がにっと笑った。

「違うんだったら、これから好きになれよ」

むずかる子供をあやすみたいに、泰丸が腕の中に三津谷の身体を引きよせた。

その言葉が、耳から身体の奥にまでじわりと沁みこんでくる。体中を浸食するようにじわじわと広がってくる。

何かのウィルスみたいに。

「嫌……です」

それでも必死に、ふり払うように言った自分の荒い呼吸が耳に届くようだった。

「なんで？」

気分を害したふうもなく、男が静かに尋ねてくる。

「だって…、私から好きになったら……、つらいだけじゃないですか……？」

『え？　おまえ、本気だったの？』

もう十年も前に言われた言葉が、耳によみがえる。あの時の絶望と痛みが。

絞り出すように言った三津谷の声に、ああ…、と男がこともなげにうなずいた。

そして、クッと喉で笑う。

「でもおまえのカラダは、俺のこと、好きだよな？　俺、たいてい襲われてるし？」

指先で顔を伏せた頬がつっつかれ、たまらず三津谷は顔を背けつつ、必死に言い返した。

「いつも襲ってるわけじゃないでしょうっ」

「……ま、あれは甘えてるって言ってもいいのかもな」

「違いますよ…っ！　――あっ…！」

叫んだ瞬間、身体が壁に押しつけられるようにして押さえこまれ、顎が力ずくでとられて正面を向かされる。

「恐がるな。おまえのことはちゃんと、身体ごと全部、好きだから」

――身体ごと、全部。

優しく、さりげなく、しかししっかりと落とされたその言葉に、三津谷は小さく息を呑んだ。

「そんな……そんなこと……」

混乱したまま、三津谷は小さく首をふる。

泰丸がかすかに微笑んだ。優しい目で、そっと三津谷の頬を撫でる。

「何度でも言ってやるよ。エロい身体も、不器用な性格も、ひねた口も……酒癖悪いとこも、全部好きだから」

「そんな……」

いつも酒癖が悪いわけじゃない。ひねくれた口を利くだって、いつもじゃない。相手と状況次第だ。

抗議しかけたが、声にならなかった。

涙で視界がにじんでくる。

「いいんですか……？」

ただじっとぼやけた男の顔を見つめ、かすれた声で尋ねてしまう。

それに唇だけで男が笑った。

「なんで？　今なら、おまえが電卓たたいてても欲情できるぜ…？」

「やめてください」

ぼろっ、と涙と一緒に噴き出してしまい、三津谷は拳《こぶし》を軽く男の頬に当てた。

その手をとり、泰丸がじっと三津谷の顔を見つめながら、指先をなめてくる。

「あ…」

そのかすかな感触にぞくり…、と肌が震えるようで、小さな声がこぼれ落ちた。

「もう恐がるなよ…。おまえは今のままで…、ちゃんとカワイイから」

ささやくような、くすぐったいような声とともに、鼻先に、唇に、優しいキスが落とされる。

三津谷は目を閉じて、それを受け入れた。

「……天使みたいに、ですか？」

キスの合間に、ちょっと笑って聞いてみる。

「ずうずうしいな」

男が低く笑い、その指が器用にシャツのボタンを外し始めた。

「ちょっ…、泰丸さん…！　どこだと思ってるんですか…っ？」

あせってその手を押さえこもうとした三津谷だったが、男はかまわずシャツをズボンから引き出してしまう。

「会見、まだ時間はかかるだろ？　しばらくしてねぇし。期待してたクリスマスに来てくれなかったから、ここ三日続けておまえで抜いてたしな……」

「バ…ッ…」

恥ずかしさに頬を熱くして、三津谷はなんとか重い身体を押しのけようとしたが、はだけられた前から入りこんできた男の指に胸が撫で上げられ、からかうように乳首が弾かれて、思わず身体をのけぞらせた。

「あぁっ……、ふ…っ…」

「ほら…、おまえだってもうこんなにとがらせてる」

指先で摘むようにしながら耳元でささやかれ、たまらず三津谷は拳で男の背中をたたいた。

しかしそうする間にも、男の手のひらが胸を撫で上げ、脇腹をたどり、敏感な小さな芽をいじってくる。

じくじくと沁みるような疼きが皮膚の下から湧き起こり、三津谷は背中を壁に預けて、必死に崩れそうになる身体を支えた。

「だいぶ覚えただろう？　おまえの感じるとこ」

自慢げに言われて、さらにいたたまれない気持ちになる。

ぺろり、と舌先が首筋をなめ上げ、鎖骨のあたりがきつく吸い上げられる。

「あぁ……っ」

その鋭い痛みと、そしてあとを追うように広がってくる快感に、めまいがしそうだった。

ネクタイはしたままシャツの前が開かれ、男が硬く芯を立ててしまった小さな芽に舌を這わせてくる。

「ん…っ、……あ……っ」

たっぷりと唾液を絡められ、舌先でこすられて、それだけでビクビクと身体が揺れてしまう。濡れてさらに敏感になった乳首が指でなぶられ、もう片方がさらに舌で味わわれる。

三津谷は壁にもたれたまま、とっさに男の頭を引きよせるようにしてつかんでいた。

やがて脇腹を撫で上げた男の手がベルトを外し、ジッパーを引き下ろす。

「泰丸さん……っ」

下着の中へ直に入ってきた手に中心が握りこまれ、そのまま強弱をつけてこすり上げられて、三津谷はとっさに自分の手を重ねるようにして押さえこむ。

「こ…ここでしなくても……っ」

必死に身体の内から湧き上がるものをこらえながら、三津谷は涙目で男をにらんだが、泰丸は低く笑っただけだった。

「今やめてつらいのは、おまえの方だと思うが？」

「あぁぁ……っ」

指先ですでにぬめり始めた先端がなぶられ、たまらず高い声を放ってしまう。

とくっ…、と先端からこぼれた蜜が男の手を汚しているのがわかった。

にやっと笑った男と目が合って、思わず視線をそらす。

「あ…っ、あぁ……っ、あっ…あっ……」

かまわず男の手は、巧みに三津谷のモノを愛撫した。

蜜を滴らせる先端を指の腹で丸くもみ、くびれを爪先でこするようにして。

「……おっと」

崩れそうになった身体が片腕で支えられる。

とっさにその腕にすがった三津谷は反射的に男を見上げ、恥ずかしく乱れる自分を見つめるまっすぐな眼差しと、熱と、そして息づかいを感じる。

小さく微笑んだ目が瞬《まばた》いて、そっと唇が落ちてきた。

かすめるようなキス。

大丈夫だから。

そう言うみたいに。

と、男の手に重ねるようにしていた三津谷の手が引きはがされ、いきなり男が床へ膝をついた。

あっ…と思う間もなく、中心が温かい感触に包まれる。

「あぁ……っ」

口でしごかれ、その甘やかな感触に三津谷はそっと息を吐いた。

泰丸にしてもらうのは初めてだった。

自分は何度か、してやったこともあったが。

慣れているようではない。だが、丁寧で…、優しい。

根本を指でこすられながら丹念にしゃぶり上げられ、先端をきつく吸い上げられる。

「ふっ…、う……あぁ…っ…ん……っ！」

甘く苦しい攻めに、三津谷は男の髪をつかんだまま、必死にこらえた。

ようやく泰丸が口を離し、唾液に濡れてそそり立つ三津谷のモノを指でなぞりながら、指でさらに奥を探ってきた。

「バカ…ッ、もう……よせ……っ」

「途中で止まるわけねぇだろ…」

あせって声を荒げた三津谷に、泰丸は勝手なことをほざき、ぐっと三津谷の身体を抱きよせるようにすると、そのまま、部屋の中央のソファへ組み倒した。

「ちょっ…、泰丸さん……っ！」

靴が脱げ落ち、そのまま下着ごとズボンが引き抜かれる。そして大きく広げられた足の片方はソファの背もたれへ恥ずかしく引っかけられると、もう片方は下へ投げ出された。

「いいアングルだ。でかいソファは使えるな…。——いち…っ！」

そんな恥ずかしい姿を目を細めて検分した男の肩を、三津谷は言葉もないままに必死に蹴り飛ばす。

「なに…っ、何をしてるんですか…っ！」

真っ赤になって、はだけた前をかき合わせ声を上げる。

「決まってるだろ？　いそがねぇとな」

言いながら、泰丸は三津谷の自由な方の膝を無造作につかむと、さらに大きく広げた。

「——…っ…！」

恥ずかしく形を変えている中心が男の目の前にさらされ、たまらず顔を背ける。

「んん…っ、あ……」

それをくわえこんでいったん口の中でしごいてから、泰丸はさらにぐっと力をこめて、三津谷の腰を浮かせてきた。

「や…っ、あ……っ」

男の指が腰の深い谷間を大きく押し広げ、濡れた舌が細い道筋をたどっていく。

舌が触れた場所から、何か疼くような熱がにじみ出してくるようで、たまらず三津谷は身体をよじった。

「……あぁ…、準備がないな」

そして一番奥の固くすぼまった部分を指で押し広げてから、ようやく気づいたようにつぶやく。

「仕方ねぇな…」

小さく言ったかと思うと、次の瞬間、ためらいもなくそこに舌を這わせてきた。

「ひ…っ、あ…っ…あぁ…っ、ダメ…っ！　や…あぁぁ…っ！」

ざわっと、いっせいに肌がざわめき、細かな襞《ひだ》が男の舌をくわえこむようにうごめいてしまう。

たまらず三津谷は腰を跳ね上げて逃れようとしたが、男の腕にがっしりと押さえこまれた。

「……そんなにイイのか？　ここ？」

言いながら、泰丸はさらに丹念に舌でなめ上げ、奥まで唾液を送りこんでいく。

両腕で自分の顔を隠したまま、もうどうしようもなく三津谷は腰を揺すった。

「あんまりじっくり見たことなかったけど、……すっげぇピンクだな」

「言…うな……っ！」

感心したように言った男に、三津谷は嚙みついた。

「キレイだって言ってるだけだろう？」

泰丸は嫌がらせみたいに言って笑ったが、三津谷はむちゃくちゃに首をふる。

「それにおまえのココは、……すごい気持ちがいい」

ささやくように言いながら、クッ…、と指が一本、中へ差しこまれた。

「……ふ……んっ…、あぁ……っ」

痛みはなく、ただ焦れるような焦燥だけが広がってくる。

「あ…、や……」

指一本をきつくくわえこみ、自分の腰が浅ましくむさぼっているのがわかって、たまらず三津谷は唇を嚙む。

「あっ…、あぁ……もっと……！」

抜き差しされ、それに合わせて腰をふりながら、とっさに声がこぼれてしまう。

指の関節の太さと硬さまでリアルに感じる。

スクリーンの中の世界を作り出す、器用な男の指――だ。

「もっと、な」

それを待っていたように、意地悪く泰丸がささやくと、いったん指を引き抜き、さらに二本そろえて中をかき乱してくる。

「あぁぁぁ……っ！」

甘い痺れが全身を走り抜ける。

与えられた快感に、たまらず三津谷は腰をふり立てた。ぐちゅっ、と耳に届く濡れた音が恥ずかしく、さらに泣きそうになってしまう。

「すごい…、色っぽい」

そんな三津谷をじっと見つめていた男がかすれた声で言って、指の甲でそっと三津谷の頰を撫でた。

「もう……っ、早く……っ」

指では、ダメだった。満足できない。

もっと、もっと別の大きな……身体の中で脈打つモノじゃないと。

「欲しいのか?」

顔を隠していた腕が引きはがされ、上からのぞきこまれるようにして聞かれて。

「欲しいに……決まってるでしょう…っ」

涙に濡れた顔でにらみ返しながら、三津谷は吐き出した。

男がそっと笑う。

「俺もだ」

その声とともに、後ろに固い先端があてがわれ、グッ…、と一気に身体の芯が貫かれた。

「ふ……、あぁぁ……っ!」

無意識に伸びた腕が男の肩をつかみ、シャツの襟に顔を埋めるようにして引きよせる。

下肢が密着し、こすり合わされ、何度も深く突き上げられた。

男の腕が三津谷の腕を引きよせ、さらにきつく抱き合う。

「イッていいぞ……」

手のひらで汗ばんだ頬が撫でられ、三津谷のギリギリまできていたモノにハンカチのようなものがかぶせられる。

その感触にさえ感じてしまって。

その上からきつくなぶられ、あっという間に三津谷は達していた。

「あぁ……」

痙攣《けいれん》するように身体を震わせ、ぎゅっと腰を締めつけた瞬間、中に出されたのを感じる。

しばらくはおたがいの荒い息づかいだけが空気を乱し、ようやく泰丸が身体を離した。

ずるり…、と抜けていく感触にも肌が震えてしまう。

ひさしぶりの快感の余韻とけだるさに、三津谷はしばらくソファから動けなかった。

「大丈夫か？」

そそくさと身支度を終えた男が、かがみこむようにして三津谷の頬に手を伸ばしてくる。

それをぴしゃり、と三津谷ははたいてやった。

「大丈夫なわけないでしょう…っ。こんなところで…！」

今は会見の方に人は出払っているのだろうが、それでもホテルのスタッフや役者のマネージャーあたりがこのへんをうろうろしていてもおかしくはない。

「……まぁ、そうだよな」

今さらながらに気づいたのか、泰丸が明後日《あさって》の方を向いて頭をかく。

そして三津谷の腰に手を伸ばしてきた。

「中の、出しとくか？」

「いいですよ。あとで自分で……」

「自分でやるのか？」

驚いたように目を見開いた男を、三津谷は上体を起こしながらにらみつけた。

――誰のせいだ……。

「出してやるよ。……ほら」

「ちょっ…、泰丸さん…っ!?」

言いながら無造作に腕を伸ばしてきた男から、あわてて三津谷は逃げかける。

しかし、とろり…、と中に出されたものが太腿を伝って流れ落ち、さすがに動けなくなった。

「じっとしてろ」

ソファの端に腰を下ろした泰丸が、まるでいたずらをした子供の尻をたたくような格好で、三津谷の腰を引きよせる。

「あっ……！」

さっきまで男のモノを受け入れていた場所に指が二本差しこまれ、中に残っていたものがかき出されていく。

シャツの裾《すそ》で見え隠れする腰を突き出すような恥ずかしい格好のまま、しかしどうしようもなく三津谷は歯を食いしばって新たによせてくる波をこらえた。

「ん…っ、――はぁ…っ…」

それでも男の指が敏感な部分をかすめるたび、こらえきれずにきつく指を締めつけ、腰を揺らしてしまう。

「ココか?」

男の声がいくぶん楽しそうに尋ねながら、さらに意地悪くその部分をこすり上げる。

「そこ…、やめ……っ」

「やめられるか。言ったろ？　俺は研究熱心なんだよ」

逃げ出そうともがきながら必死に抵抗する三津谷に、しかし泰丸はすかした調子で言いながら、指を巧みに使ってきた。

三津谷の前は、触れられないままにいつの間にかまた大きく頭をもたげ、愛撫を待つように震えている。

「そんなに感じるのか…？」

それに気づいた男が低く笑いながら、大きな手でそれを包みこんだ。

前と後ろと、両方を男の手でなぶられ、操られるまま、三津谷はこすりつけるようにして腰を揺する。

「いけよ」

うながされるまま、三津谷は男の手の中に再び放っていた。

ぐったりと荒い息をつく三津谷の背中を、シャツ越しに優しく撫で下ろし、男がそっとうなじにキスを落とす。

「悪い…。我慢できなくてな」

小さく笑いながら言われても、まったくあやまられている気がしない。

男が汚れたハンカチを片づけている間に、ようやくのろのろと身体を起こし、三津谷はソファの下に落とされていたズボンを引きよせた。

――最悪。最悪だ……。

三津谷は内心でうめきながら、重い身体になんとか服を身につける。

まったく映画屋なんて、ろくな人種じゃない……。

と、ネクタイを結び直していた三津谷の目に、テーブルの上、泰丸が持ってきたらしい模型がケースから出されて真ん中におかれているのが入った。

この間、三津谷が壊したやつだ。きれいに作り直され、さらに細かくなっている。色も入って、これ自体、何かの作品のようだった。

「直ったんですね…」

「ああ…。どこかの誰かが壊してくれたが、まあ、なんとか間に合ったよ」

眼鏡をかけ直し、じっくりと眺めて思わずつぶやいた三津谷に、泰丸が皮肉な口調で答えてくる。

「おたがいに専門が違うんですよ。……そういえば、あなたの会社の経理、銀行にも言いましたから、私がチェックしますよ？」

「マジかよ……」

厳しく言い渡すと、ソファの横まで近づいてきた泰丸がわずかに頬を引きつらせる。

「おや？　何か問題でも？　うちの経費を横流しとか、うちの経費で無駄なものを買ったりとか？」

「それはねぇけどさ…」

うーん…、と泰丸がうなる。

「だったらさ…、おまえ、うちに越してこないか？」

「え？」

さらりと言われて、三津谷は思わず目を見開いた。

——越してくる……？

一瞬、言われた意味がわからなかった。

「一緒に暮らさないか、って言ってんの。部屋はあまってるし、おまえの通勤も…、まあ、ほんの心持ちだけど近くなるだろ？　木佐さんに伝言頼んだりするのも便利だし」

「私は使い走りですか……」

そんな憎まれ口がついて出ながらも、しかし心の中では何と答えていいのかわからなくて。

ひどく動揺していた。

そんなふうに言ってもらえるとは、本当に思っていなかったのだ——。

別れる時、面倒になるだけなのに。

自分のテリトリーに、こんなにあっさりと他人を入れるのは。

混乱した顔をしていたのだろう。

泰丸がそっと手を伸ばして、三津谷の頬を撫でながら苦笑した。

「おまえはいろいろ考えすぎだよ。単純なことだって。——ほら、好きって言えよ？　じゃないと、両思いになんないだろ？」

そう。泰丸は……言ってくれたのだ。

身体ごと全部、好きだ——と。

身体だけではなく。

けれど、まともに顔を見てそんなことはとても言えなくて。

「しばらく片思いしてればいいいんじゃないですか」

そんな可愛くない言葉が口からすべり出す。

「ひでぇな」

さして気にしたようでもなく、泰丸が肩をすくめた。

そして泰丸が持ってきた手荷物を模型の隣にのせ、何か中を探すようにこちらに背を向けた時――。

「好きですよ…、私も」

聞こえるか、聞こえないか。ほんの小さな声で。

三津谷はようやく声にした。

一瞬、男の手が止まったところを見ると、聞こえてはいたのだろう。

荷物を置き直し、泰丸がふり返る。

大きな、いつも三津谷を安心させる笑顔だ。

「ラストはやっぱり、ハッピーエンドがいいに決まってるからな」

言いながら伸びてきた男の腕が、そっと三津谷の身体を抱きしめた。

鼻先がかすかに触れ合い、男の唇が深く重なってくる。

無意識にその肩から背中へ三津谷の手がまわり、引きよせるように髪をつかむ。

ハッピーエンド。

もちろん三津谷も同感だった。

唇が離れ、おたがいに見つめ合って、小さく微笑んで。

「そろそろ会見、終わる頃かな…。――あ、ヤバイ。鍵かけてなかった」

ちょっと照れたように泰丸が腕を放し、戸口をふり返る。

思いの外《ほか》、腰の重かった三津谷は、男の腕が離れた瞬間、わずかによろめいた。

「あ……」

とっさにテーブルに手をついて、床へ崩れるのを支える。

――と。

ぐしゃっ。

嫌な音とともに、嫌な予感がした。

もちろん、手のひらには嫌な感触も。

「あ……」

その音にふり返った泰丸が、呆然とした顔でそれを見つめた。

そしてのろのろと顔を上げて、三津谷を眺める。

「また作り直しかよ…」

「……え……、これは、だって……！」

三津谷はあせって声を上げた。

「半分はあなたの責任ですからね…っ！」

断固として、それを主張したい。

end.

# ハッピーデイズ

引っ越し屋に頼むほどの荷物でもなかった。

大きなものはシングルベッドとオープンラックが一つくらい。クローゼットの半分を貸してくれるというので、ハンガーラックは処分した。あとは服と靴と布団や何か。食器類やキッチン用品などはもともと数もなかったし、新しい家の方が遥《はる》かにそろっている。それと本が少し。

泰丸《やすまる》がふだん、仕事でちょっとした荷物を運ぶのに使っている軽トラックで十分だった。

梅雨入り前の六月初め、おたがいの仕事の合間をぬって、三津谷《みつや》はもうずいぶん馴染《なじ》んだ泰丸の事務所兼自宅の三階にようやく引っ越してきた——。


年明け以降、週に三日ほど三津谷はここに立ちよっていた。泊まっていったことも多い。

泰丸の会社の経理関係をみてやる約束もしてるから——という、なかば押しかけの言い訳とともに。

木佐の事務所と同じで、好きな人間ばかりが集まってしまう趣味的な仕事、さらに少ない人数で切り盛りしている分、経理はやはりおおざっぱだ。以前に雇っていた女性が半年ほど前、出産のために辞めてからはさらに収拾がつかなくなっていたようで、三津谷は週末の大半を書類の整理と帳簿つけにあてていた。

請求書などを調べてみると、取引先——泰丸がセットを造る材料を仕入れている会社や搬入を頼んでいる会社などは、木佐《きさ》の事務所とも取り引きが重なっているところがいくつかある。

だが三津谷の見る限り、泰丸の事務所の方がかなり割高な気がした。どうせ交渉もせずに、言い値で払っているのだろう。木佐の事務所も以前はそうだったのだが、三津谷が入ってからきっちり値引き交渉をし、同業他社とも競合させている。

つまり、それだけ顔が利く。……嫌がられているとも、恐れられているとも言えるわけだが。

そういう相手先を細かく閻魔帳《えんまちょう》につけておき、先日も一本、電話をかけただけで「うおっ、三津谷さんっ!? どうして…?」と絶句したあと、まいったなぁ…、とぼやきつつ、十五％ほど仕入れ値を落としてきた。

まあ、泰丸の事務所としてはそれなりにメリットはあるはずだ。なにしろ、完全にボランティアなわけだし。

『そろそろ引っ越して来いよ』

しかし泊まる予定で来ていた週末の夜、あまりの不良経理に燃え上がった三津谷が徹夜の勢いで帳簿を調べ上げ、その間泰丸は、情けなく指をくわえて見ていた——らしい。

いや、実際には、三津谷が「なんですか、これはっ!?」と怒りの雄叫《おたけ》びを上げるたび、後ろであわてて正座していたのだが。

そんな「お預け」状態が何度か続き、しかし泰丸としては自分の会社のことだけに止めさせることもできず。

しつこく「引っ越し」を口にするようになっていた。つまり、たまに来るから帳簿と首っ引きになるわけで、ここで暮らしていれば毎日少しずつ見られるだろう、ということだ。

だが正直なところ、三津谷はかなり迷っていた。

嫌なわけではない。当然ながら、銀行員時代より今の給料は相当に下がっており、その当時からのマンションの家賃を払い続けるのは正直、大変だった。金のかかる趣味がないからいいようなものの、外へ飲みに行く回数もめっきりと減った。社内での、そういうつきあいがないのが救いだ。

生活としてはありがたい話だったが……ただこれ以上、馴《な》れ合いというか、なし崩しになるのはどうかとも思う。

バイト代をもらっているわけではないから、副業とは言えない——それに木佐の事務所が副業を禁止しているわけではない——が、しかし泰丸には木佐の事務所からも支払いをする立場だ。

材料費などの実費はともかく、「美術監督」として報酬は、本来双方の事務所で話し合って決めるものだろう。だが、木佐にしても泰丸にしても、あうんの呼吸というか、まあだいたいで、という感じで特に交渉もなく、契約書さえもなくすませている。

二年前に木佐が新人の泰丸を抜擢《ばってき》した時なら、多分、木佐の方が立場は強く、安いギャラで使ってもよかったのだろう。しかしこの二年で、泰丸の評価はかなり高くなっていた。木佐の映画だけを手がけているわけではないし、ハリウッドや香港《ほんこん》の監督からのオファーも受けている。さらに映画だけでなく、空間デザインの方にも活動の幅を広げていて、世界的な有名ブランドのウィンドウや、ショップのオープニング・デザインを任されることもあるようだ。

その現状を考えると、おそらく木佐の事務所が払っている報酬はかなり安い。もし仮に、三津谷が泰丸の事務所の正式な経理なら、真っ先に木佐の事務所にねじこむはずだ。

もっとも泰丸も野田と同じ人種のようで、木佐の作品に関われるのならギャラにはこだわらないのだろうが。

現実的には泰丸の報酬はおそらく、三津谷の一存で決まる。三津谷の決めた金額に、木佐も泰丸も文句は言わないはずだ。

だからこそ……三津谷としては、微妙な立場に立っているとも言えた。

泰丸の報酬を上げることはやぶさかではない。が、木佐の事務所の経理としては、なるべくコストは抑えたい。

……要するに、もっと監督がえり好みせずに働けばいいだけなんだよな。

内心でワガママなオヤジの顔を思い出し、ちょっとため息をついた。

ＣＭとかドラマとか。あるいはメイキングのＤＶＤなどはもともと素材のあるもので、あとちょっとインタビューに答えるとか、おまけ映像とか。その程度でいいはずだ。監督の立場とすれば、楽して金になる仕事のはずなのに、お気に召さないらしい。

そんな問題もあったのだが……ただ。

去年の暮れから言われていたのに、今までぐずっていたのは、結局、不安だったからだ。

将来的に、自分が結婚することはない。だから、叔父の家を出て以来、誰かと一緒に暮らすということを考えたこともなかった。

ましてや、好きな男となど。

自分の人生にそんな恥ずかしい展開があるなどとは、想像したこともなかったのだ。

さして大きな起伏もなく、適当な相手と恋愛ごっこを楽しんで。年をとって、老後に困らないくらいの貯金をして。

甘い言葉にだまされて、捨てられるようなバカになるつもりはなかったし、そんなみじめな思いをするのなら、一人で生きていく方がマシだと思っていた。

好きな相手と一緒に暮らす――。

そんな、今どきホームドラマにもならないような安っぽい展開は、しかし三津谷にとっては、勇気のいる決断だったのだ。

ふたりで部屋を借りるのなら、まだいい。だがこのシナリオでは、三津谷が相手のところに転がりこんで行くことになる。

もし……失敗したら。もし、うまくいかなくなったら。

一緒に暮らすということは、おたがいの今まで見えなかった面も見えてくる。

もし…、泰丸が自分に失望したら。

三津谷には逃げ帰る場所もなくなるのだ――。

自分の生活のすべてを賭《か》けるようなことが、恐かった。

映画はハッピーエンドで終わっても、人生は「いつまでも幸せに暮らしました」では終わらない。

それでも思い切って一歩、足を踏み出したのは。

『恐がるな。おまえのことはちゃんと、身体ごと全部、好きだから』

まっすぐな目でそう言った男の言葉。

その責任をとってもらおうじゃないか――そう思ったのだ。

開き直った、と言ってもいい。

今まで誰かに、好きだ、と言ってもらったことはなかった。初めてだったのだ。

そして、自分がまともに口にしたことも。

その責任を、この男にはとってもらう。そんな恥ずかしいことを言わせた責任を――。

「ベッドは持ってこなくてもよかったのに」

三階へ上げるまではエレベーターを使ったが、そこから三津谷に用意された部屋までベッドを運ぶのを手伝ってくれた泰丸が、マットレスに腰を下ろしてパンパンとたたきながら意味ありげににやにや笑った。

「いいですけど、まさか毎日、やれると思ってるわけじゃないでしょうね？　一緒に寝て指一本触れないでくれるんなら、かまいませんが？」

冷ややかな白い目で男を一瞥《いちべつ》して、あえて突き放すように言った三津谷に、先制を食らった泰丸が視線を泳がせて咳払《せきばら》いした。

「……いや、だから、まあ、その」

口の中でもごもご言いながら、それでも素早く体勢を立て直してくる。

何か考えるように額に皺《しわ》がより、ちらっと三津谷をうかがった眼差《まなざ》しが駆け引きするみたいに楽しげに瞬《またた》く。

「じゃ、欲しくなった時は、俺《おれ》がおまえのベッドにもぐりこんでいいのか？」

口元だけで笑って言った、さりげないような、しかし直接的な言葉に、ぞくり…と肌が震える。

「もぐりこむのはかまいませんが、私を起こさないでください」

それでも平然としたふりで、三津谷は返した。

「酔って、部屋、間違えるかもしれねぇし？　……あ、おまえが酔って、部屋を間違えるのは歓迎するけどな」

「間違えるわけないでしょう」

とぼけたように言った男に、ふん、と三津谷は鼻を鳴らす。——が。

「酒癖はおまえの方が悪い」

勝ち誇ったような顔で言い切られ、くそ…、と内心で三津谷はうめいた。

反論できないのが悔しい。というか、三津谷の酒癖は決して悪くはない。

ただ…、たまたま悪かった時に飲んだ相手がこの男だっただけだ。

言い負けたようでぶすっとして、三津谷は憤然と横につまれていた布団カバーを開くと、洗って畳まれていたシーツを引っ張り出して邪険に言った。

「どいてください」

「片づけ、手伝うぞ？」

立ち上がりながら言われたが、三津谷は首をふった。

「大丈夫ですよ。荷物も少ないですから」

「じゃ、メシの準備でもするかなー」

のろのろとドアの方へ向かった男の背後で、三津谷はテキパキとシーツをかける。

と、目の前の床にひらっと何かが舞い落ちてきた。

ベッドの脇に、泰丸の使っていたチェスト兼の小さなサイドテーブルが残されていたのだが、シーツを大きく広げた時の風にあおられて、その後ろにすべり落ちていたのが出てきたようだ。

何気なく手にとって、あっと三津谷は小さく息を呑《の》んだ。

写真だった。泰丸と……例の、昔の彼女とが映っている。

ほんの三、四年前だろう。少しだけ若く、髪型が今とちょっと違う。

遊園地にでも遊びにいった時のか、観覧車をバックに大きな笑顔でより添い合っているふたりだ。

「おまえ、何食いたいー？」

ドアのところから何気なく問われたそんな声も、耳に入っていなかった。

「三津谷？」

「あっ…」

手にしていた写真が頭上から引き抜かれて、ようやく泰丸が側まで来ていたことに気づく。

「ああ…、悪い。残ってたのか。処分したつもりだったんだけどな…」

ちらっとそれに目を落として泰丸が眉《まゆ》をよせ、そしてぐしゃっと手の中で握りつぶした。

三津谷は思わず、息をつめてしまう。

うれしいのか……悲しいのか、自分でもわからなかった。

昔の彼女に未練がないようなのはうれしい。が、自分とのことも、いつかこの男の手の中で握りつぶされる思い出になるのか…、という気がして。

写真にはしないでおこう、と思った。データなら消去するだけでいい。ボタン一つ分の手軽さだ。

「……何考えてる？」

と、ふいに男が身をかがめて、じっと三津谷の顔をのぞきこんでくる。

「別に…、疑ってるわけじゃないですよ」

それにかすかに笑って、三津谷は答えた。床から膝《ひざ》を起こし、ベッドの端へ腰を下ろす。

一緒に映っている女のことは知っていた。今さら、だ。

「ここは理不尽に拗《す》ねてくれてもいいとこだけどな…」

じっと三津谷を見下ろしたまま、泰丸がポツリとつぶやくように言った。

そして、部屋の隅に積まれている段ボールを眺めながら尋ねてくる。

「おまえはないのか？　こういう写真」

「昔の男との写真なんかありませんよ。撮ったこともないですし」

「いい思い出じゃなかった？」

……こんなふうに直接的に尋ねてくるのが無神経なのか……、あるいは、それがこの男のスタイルなのか。

察して、あえて聞かない優しさもあると思うが、泰丸ははっきりとさせたいのだろう。

迷いがない。多分…、どんなことにも。まっすぐに対象を見て、向き合っている。

だから…、自分も引きずられてしまうのだろう。

逃げ出したい気持ちはいつもある。ごまかしてしまいたい気持ちも。

そうやって、相手に見せられる部分でだけ、つきあってきた。……でも。

そっと、三津谷は息を吸いこんだ。

「いい思い出も…、多分、あったんだと思いますけど」

嘘《うそ》をつきたくはなかった。

「別れ方が…、うまくないんです。だからいい思い出にならない」

目をそらすように前髪をかき上げ、知らず唇だけで笑っていた。笑ったつもりで、胸の奥がズキッと痛んだ。
なぜだろう？　そう…、自分も悪かったのだと思う。
『おまえ、本気だったの？』
その言葉が恐くて。
別れ話を切り出されると、いつも平気なふりをしていた。
『ああ…、私も別に本気じゃなかったですから』
先にそんな言葉を投げつけて。
だから傷ついたりしない。――そう思っていたのに。
『そうだよな。おまえ、やれる相手が欲しかっただけだもんな』
あっさりと返された言葉に、横《よこ》っ面《つら》を張られたような気がした。
……そんなつもりはなかった。
だが、そんなふりを――していたのだろう。
予防線を張るみたいに。つまらないプライドを守るために。
追いかけて、相手にすがるような真似《まね》はできなかった。
結局、自分の心をさらけ出して相手に見せるのが恐かったのだ。
こんなふうに……男の家に転がりこんで、この先どうするつもりなんだろう？
ふっと三津谷はおかしくなる。自分がわからなくなった。
「あなたと別れる時は…、どうしたらいいんでしょうね……？」
口に出した、というつもりもなく、三津谷は口にしていた。

どこへ逃げたらいいんだろう？　どこへ、帰ったらいいんだろう……？

泰丸みたいに自分の仕事に夢があるわけではない。世界を創れるわけでもない。

ぼんやりとつぶやいた三津谷に、泰丸がおおげさに嘆息した。

「意外と後ろ向きだな…。初日からもう別れ話かよ」

あきれたように言うと、伸びてきた大きな手が三津谷の頭をがしがしと撫《な》でた。

「……すみませんね」

あっと我に返って、子供みたいにされているのにちょっと赤くなり、三津谷はあわてて男の手を払った。

「堅実なだけですよ。とりあえず、将来のことも考えておかないとね」

あえて強気に、さっぱりとした口調で言う。

「将来って…、俺が仕事にあぶれたらさっさと捨てようと思ってる？」

泰丸が首をひねってみせた。

「そうじゃなくて…！」

どこかとぼけた口調に、三津谷は思わず声を上げた。腕を組んで目の前に立つ男を、じろっとにらみつける。

「仕事のことじゃなくて、生活のことですよっ！　一緒に暮らし始めると、あるでしょう、いろいろとっ。こんなはずじゃなかったってことがっ」

本当におおざっぱな男だな…、とあらためて思う。

そもそも男と同棲することにもうちょっと悩んでもいいくらいなのだ。

「性生活はバッチリだと思うけどなー……。あ、あんまりおまえが焦《じ》らすんじゃなけりゃ。──うご…っ！」

顎《あご》を撫でてうなった男の腹に、三津谷は無言のまま、正拳をめりこませていた。

特別鍛えているようでもないが、やはり力仕事になることも多いからだろう、しっかり硬くてさほどダメージがあったとも思えない。が、泰丸は目の前で腹を押さえてうなってみせた。

よろっ、といくぶんわざとらしくよろめいて──

「──なっ…、ちょっ…、……泰丸さんっ！」

大きな身体が狙い澄ましたように三津谷の身体にのしかかり、両方の手首がとられて、そのままシーツだけがかけられたベッドに組み伏せられた。

真上から、泰丸が顔をのぞきこんでくる。

「人生なんて、こんなはずじゃねーようなことばっかりだろ」

小さく笑うように言った男の顔が、窓から差しこむ夕日に照らされてくっきりとした陰影をつけている。

「でなきゃ、俺だってこーやっておまえを襲うことなんか、人生設計にはなかったぜ？」

「あ…」

何の不安も、こだわりもないようにさらりと言われて、三津谷は思わず男の顔を見つめてしまう。

楽天家で自信家で。変化を恐がらない──むしろ、それを嬉々《きき》として楽しんでいる男の顔を。

男の指がそっと、三津谷の頬《ほお》を撫でてくる。

「心配するな。もしケンカしておまえがこの家を飛び出しても、ちゃんと追いかけて連れもどしてやるから。大雨の中で名前を叫びながらな」

「……すごい恥ずかしいですよ、それ」

たまらず視線をそらし、頬が熱くなるのを感じながら三津谷はうめく。

「恥ずかしいな」

あっさりと泰丸は肯定した。

「いつでも好きな時に飛び出していいし、拗ねてもいいけど、そーゆー恥ずかしいことをやってやるんだからちゃんと帰って来いよ？」

そんな言葉に三津谷は思わず笑ってしまった。ツン…、と鼻の奥に何かがこみ上げ、まぶたの裏が熱くなる。

その安心感…、だろうか。三津谷が体勢を崩しそうになっても、必ず支えてくれる。

だから、ここに来ることができたのだ。

「俺がさ…、おまえにしてやれることは他にないだろ？」

「え？」

しかし静かに続けられた言葉に、三津谷は思わず声を上げた。

「おまえは俺のことも、俺の仕事も……助けてくれてる。俺がこの仕事を続けていけるように、きちんと整えてくれてる。俺の人生、全部だ。けど、俺はおまえに、何もしてやってないだろう？」

「そ…そんな……ことは……」

そんなふうに考えているとは思ってもいなかった。

「そうだな…、まあ、メシ、作ってやるくらいか？」

かすかに笑った泰丸に、三津谷はとっさに首をふる。

それで十分だ。それだけでも。

そんな三津谷に、男が指先で弾《はじ》くように前髪を撫でてくる。そしてにやりと意味ありげに、いかにも人の悪そうな笑みを浮かべた。

「ま、でもたまには実験にもつきあってくれよな？」

「じ…実験って…っ」

三津谷は思わず絶句する。

実験というと――カラダを使うアレだろう。

冗談ではなかった。今度の映画だって、あの時のテーブルが画面に出てきただけで、内容が頭から吹っ飛びそうなのに。

「おまえだって監督のとこのスタッフなんだし？　もちろん協力してくれるよなあ？　ほら、きちんと実験せずに持ってって使えなかったりしたら、予算のムダになるもんなあ？」

いかにもな言い方で追いつめながら、男の指が三津谷のシャツのボタンを一つずつ外し始める。

わずかにはだけた隙間《すきま》から、肌の表面だけスッ…、と撫で下ろされて、ぶるっと三津谷は身体を震わせた。

「ひ…卑怯《ひきょう》ですよ…っ、そんな言い方…！」

無意識に身をよじりながら、必死に言葉を押し出す。

「ふだんから予算に小うるさく言ってるヤツが、まさかそんなムダ遣いさせるはずないよなあ？」

口は意地悪く続けながら、男の指が胸を這い上がり、小さな乳首をきつく弾く。

「……っ…」

三津谷はとっさに唇を嚙《か》んだ。小うるさいとはなんだっ、と言い返したいところだったが、今うかつに声を出せば妙なあえぎになってしまいそうだ。

「うん。これからはいろんなシチュエーションを試せそうだな」

満足そうに言った男に、ひょっとするとしつこく同居を勧めてきたのはそのためだったのかっ？と疑いたくなる。

そうする間にも片方の乳首が執拗に押しつぶされ、きつく摘み上げられて、ジンジンとした痛みと……危ういような疼《うず》きが湧《わ》き上がってきた。

あえぎを嚙み殺し、ぎゅっとまぶたを閉じる。こらえきれずに喉をそらせた三津谷をじっと熱い目で見下ろして、泰丸がその無防備にさらされた喉元《のどもと》を舌でなめ上げてくる。

「ふ…っ…あぁ……っ」

ぞくり、と身体の奥を走った痺《しび》れに、たまらず声が上がった。

「すごい…、イイ顔」

指先で耳元の髪がかき上げられ、こっそりとささやくように、いかにもいやらしく言葉を落とされて、カッ…、と全身が熱くなる。

「泰丸さん…っ」

思わず目を開けて、三津谷は男をにらみ上げた。自信に溢《あふ》れた、意地の悪い男前の顔を。

「そろそろ、適《かなえ》、って呼んでほしいなー」

しかし男は余裕を見せるように吐息で笑い、さらに指先で尖《とが》った乳首をもてあそぶ。そしてもう片方の指がツッ…、とシャツの上から胸をなぞり、ほったらかしにされていた乳首を布の上から見つけ出した。布越しに押しつぶされ、その小さな突起が舌先でなぞられる。シャツが唾液《だえき》を吸いとり、直に触れられるよりむずがゆい刺激を伝えてくる。

さらに甘嚙みされ、舌と歯と交互に与えられる刺激にこらえきれず、三津谷は大きく身をよじった。

「あっ…あっ…、もう……そこ……止めて……っ」

じわじわと下肢に熱がたまり始めるのがわかる。無意識に足先が突っ張るように伸びてしまう。

「お願い、適、って言ったら、許してやってもいいぞ？」

濡れたシャツの上からしつこくいじりながら、恩着せがましく泰丸が言った。

「か…かなえ…っ、お願い……ですから……っ」

好き勝手言われ、しかしどうしようもなく三津谷は口にした。

「よしよし。じゃ、次、行こうか？　乳首だけですげぇ興奮してるみたいだけど」

「あぁぁ……っ！」

下肢にすべり落ちた手に無造作に中心がもまれ、思わず腰を跳ね上げる。

胸への愛撫《あいぶ》だけで、そこはもう硬く張りつめてズボンを圧迫していた。

「ベッドにシーツだけのシチュってあんまりないよな…。今度提案してみようかなー」

手際よくベルトを外し、ジッパーを引き下ろしながら、泰丸が独り言のようにつぶやく。

「あ、フローリングの床の上に一枚のシーツにくるまって転がるのもエロくていいかも？　どう？」

「背中が痛いから嫌です…っ」

涙目で三津谷は叫ぶ。……いや、そういう問題でもないのだが、もう頭の中はぐちゃぐちゃで、腹が立って、悔しくて——じれったくて。

本当にこの男は……！

「色っぽいと思うけどなー。こう、片足だけ、いっぱいに持ち上げて」

するり、と下着と一緒に一気にズボンがはぎとられ、膝がつかまれて片足だけが思いきり高く掲《かか》げられる。

「だっ…だから、私の身体で妙な実験をしないでください…っ！」

あまりに恥ずかしい格好に、三津谷は真っ赤になって叫んだ。

眼鏡はかけたままで、いつになくはっきりと男の顔が見えるのがよけいに恥ずかしい。

「そうだな。とりあえず今は」

すかした調子で言うと、そのままの体勢で泰丸が身をかがめ、軽く三津谷の唇にキスを落とす。

「カラダで愛を語ろうか」

「バカでしょう！　あなたっ」

いかにも芝居じみた言い方に、容赦のない本心が飛び出す。

さすがに、む…、と男が眉間に皺をよせた。

「そーゆー可愛《かわい》くないことを言うヤツはだな…」

「あぁぁ……っ」

低くうなるように言うと、泰丸は強引にもう片方の足も抱え上げ、三津谷の胸につくほどに両足を折り曲げる。

「く……」

それこそ隠しようもなく、自分の中心が男の目の前にさらされた。胸をいじられただけで、すでに恥ずかしく形を変えているモノが。

顔を近づけた泰丸がそれにふっ、と息を吹きかけ、舌先で表面だけ、くすぐるようになめてくる。

「な……や……」

恥ずかしさとじれったさで、三津谷は逃れようと腰をひねったが、男の腕に押さえこまれてまともに動かせない。早くも先端からは小さな滴《しずく》がこぼれ落ち、切なく小刻みに震える茎《くき》を伝っていく。

それを舌でなめとってから、男の指が強弱をつけて根本の双球をもむ。

「あっ…あっ……あっ……あっ……あぁぁぁ……っ」

間欠的に声を上げながら、三津谷はたまらず腰を揺らした。

その間に男の舌が細い筋をたどって奥まで行き着くと、きつくすぼまって閉じている入り口をこじ開けるようにしてねじこんでくる。男の手で前がしごかれ、唾液が送りこまれてたっぷりと濡らされた後ろも、もう片方の指に侵入を許してしまう。

長く巧みな指に前後を愛撫されて、三津谷は両手でシーツを引きつかみ、必死に爆発をこらえた。

二本に増えた指が大きくかきまわすようにして中をえぐり、慣らすように何度も抜き差しされる。

身体の奥から湧き出してくるその刺激と耳に届く湿った音に、どうしようもなく全身が火照《ほて》る。

「シーツ…、かけたばかりなんですよ……っ」

ガクガクと腰を揺らし、泣きそうになりながら三津谷はうめいた。

「俺が洗うから」

淡々と答えた男の声が、熱っぽくかすれている。

「悪い…、入れるぞ」

そして次の瞬間、指が引き抜かれ、もっと太い…、熱いモノがその部分に押しあてられた。

「ふ…ぁ……、あぁぁぁぁぁぁ――……っ…！」

馴染んだ熱。大きさ。形。足をつかまれる手の力。求められる悦《よろこ》びと安堵《あんど》と。

一気に深く突き入れられ、頭の芯《しん》が痺れるような快感に三津谷は大きく身体をのけぞらせた――。


いつの間にか窓の外は夕暮れが近づいていた。

ぜんぜん片づかなかった……。

部屋の隅には段ボールが積まれたままで、ベッドが設置されただけ、という状態だ。まったく予定通りに進まなかったことに、三津谷は思わずため息をつく。

それもこれも昼間からサカっていたこの男のせいだが。

なんと言うのだろう。ムードらしきものはほとんどなく、本能に素直で。それが妙に憎めないのは、自由なだけに裏のないまっすぐさと、おおらかさのせいだろうか。

「そうだ。あとで引っ越し記念日の写真、撮っとこう」

が、三津谷の内心も知らず、横で寝転がったままの男が脳天気に言う。太い腕を三津谷の腰にまわし、引きよせるようにしながら。

「嫌ですよ。そんな恥ずかしいこと」

その腕をつねりながら、冷ややかに三津谷は却下した。

「いいけどな。俺はこっそり撮るから。……おまえの寝顔とか」

「泰丸さん…っ！」

三津谷は思わず、バチン、と平手で男の肩をぶったたく。

いてーっ、とわざとらしい声を上げて肩を撫でながら、泰丸がのっそりと起き上がった。

「さて…、そろそろメシの準備しないと。風呂、沸かしとくから先に入れよ」

そう言って恥ずかしげもなく素っ裸で歩き出した背中に、三津谷は投げ出されていた男の下着とシャツをまとめて投げつけた。

めんどくさそうにそれを拾い上げ、ついでにズボンも引っかけて、泰丸が部屋を出る。

ひとりになって、三津谷はホッと息をついた。

もぞもぞと動いて身体の下に敷いていたシーツを両側から引き剝《は》がすと、それにくるまるようにして身体を覆う。初夏の空気は寒くはないが、さすがに気恥ずかしい。

熱の残る心地よいけだるさに、三津谷は目を閉じた。

ドアの開け閉めや、軋《きし》む床の音や、キッチンで水を出す音や。隣室から聞こえてくる何気ない物音が妙にうれしい。

今日からはひとりではないのだ。

いつまでも幸せに暮らしました――その物語を創っていく、一日目だった。

end.

# スペシャル

春の風が心地よく西海岸を吹き抜ける四月の下旬。

ユージン・キャラハン――ジーンは出演しているハリウッド映画『アップル・ドールズⅡ』がロングヒットとなり、そのイベントで共演者の瀬野千波《せのちなみ》と全米をまわってロサンゼルスへ帰ってきたところだった。

そしてハリウッドで締めくくりのセレモニーに出席し、パーティーのあと、めずらしく顔を出していた監督クレメン・ハワードの自宅に千波とともに泊めてもらうことにした。

千波ともひさしぶりだったし、もう少しふたりでゆっくり飲もう、と誘って、家主に断りもなく、ではあったが。ジーンにしても千波にしても、ロサンジェルスに自宅はあるのだが、飲まされて足下の危うくなったクレメンを送りついで、というところだ。

……もちろん、ジーンにしてみれば、今夜は無理でも明日はやってやるぜ…！　という下心――というか、意気込みは、ある。明日からしばらくはオフでもあるし。

門を抜けて玄関先まで車をつけ、先に下りたジーンはポケットからキーリングをとり出した。

車は別にしているが、自宅のキーと、そしてクレメンの家のスペアは一緒につけている。

それでドアの鍵《かぎ》を開け、すぐに明かりをつけた。

深夜もまわり、この時間だと通いの家政婦も帰っているはずだ。さすがに無人の邸宅は、不気味に静まりかえっている。

「この広さに一人暮らしだと、持て余さないかな…」

車と運転手を帰し、手を貸してもらってクレメンを家の中に運びこみながら、千波がため息混じりにつぶやいた。

　高級住宅街の豪邸はハリウッドの人気監督としてはありふれたアイテムかもしれないが、確かにひとりで住むには広すぎるスペースだ。有名監督だと自宅に著名人を招いてのパーティーも多いが、クレメンはそうした社交的なことが得意でもない。

　たまに、仕事上のパートナーでもあるプロデューサーのマーティーが、新作にかかる前の資金集めや顔つなぎのために、自分で指揮を執ってこの家で盛大にやるくらいだ。

　掃除やメンテナンスで定期的に人は入るようだし、通いの家政婦もいるが、基本的にクレメンはひとりで暮らしている。

　が、クレメンがここで生活するのは、年の半分くらいではないかと思う。仕事場、というか、専用のスタジオも郊外にあるのだ。そちらにはそちらで不自由なく生活できる結構な家も建っていて、まあ、半分は税金対策ということもあるのだろう。

　もともとクレメン自身は自分の日常生活、つまり衣食住についてあまり関心はない（というより、映画以外のことにあまり興味がない）。

　この邸宅にしても、街中に家があった方が便利だということで、十数年前にマネージャーが手配して買ったようだった。

「日本では考えられないよ」

　どこかあきれたような千波のつぶやきに、間に意識のないクレメンを挟んで二階へ担ぎ上げながら、ジーンは苦笑した。

「土地が少ないからだろ。東京のど真ん中なら、同程度の値段の家はいっぱいある」

「まあねえ…」

「千波は東京に家を持ってないのか？」

「ないない。マンションを借りてるだけ。今は依光《よりみつ》の巣になってる」

そんな千波の言葉に、ジーンは喉《のど》で笑った。

千波の日本の家に依光が暮らしている。それは離れて生活していることが多いふたりだけに、妙に微笑《ほほえ》ましい。

千波にしても、日本の家に帰ると依光がいるのはうれしいのだろう。

「こっちでは買ってるんだろ？」

「一応ね。不動産がないと将来的に不安だし」

「投資のつもりで、東京にも買っておけばいいのに」

「うーん…、買うんなら東京か京都か迷うところだな…」

「両方に買えば？」

今の千波なら、そのくらいの余力はあるはずだ。

「『ＡＤⅢ』に出られるんなら、そのギャラで考える」

冗談なのか本気なのか、千波が澄まして答えた。

その次回作の構想は、今この自分の肩にぶら下がっている酔っぱらった四十男の頭の中にあるはずだが、その中身は余人にはうかがい知れない。

主演俳優のジーンにしても……、確約はしてもらえないのだ。

「あ、こっちだ」

ハァ…、とため息をつき、二階へたどり着くとジーンは慣れた部屋の方へと進んでいく。

マスター・ベッドルームへまっすぐに入ると、ほとんど眠りこんでいるクレメンをちょっと邪険に放り出した。

「まったく…、飲めもしないくせに」

断れずに、グラスを重ねたらしい。

目覚める様子もなく、平和な寝顔を見ながらぶつぶつ言うと、クレメンは男の眼鏡を外してサイドテーブルへのせた。靴と靴下を脱がせ、クローゼットから洗って畳まれていたパジャマをとり出すと、窮屈そうなスーツを脱がせて着替えさせてやる。

テキパキと手を動かしながら、ふと視線を感じてふり返ると、戸口のあたりで千波がそんなジーンをにやにやと眺めていた。

「意外とかいがいしいんだな…。なんか、イメージに合わないよ？　ファンやプロデューサーが見たら目を丸くするんじゃないかな」

からかうような言葉に、ジーンは肩をすくめてみせる。

「この人が子供みたいに手がかかるから仕方なくだよ」

いかにもうんざりとした調子で言ったが、千波は意味深に口元で微笑んで、「下にいるよ」とさっさと階段を下りていった。

手伝えよ、という気がしないでもないが、……まあ、千波なりに気を利かせてくれたのだろう。

「う…ん……」

小さくうめいて、目の前でクレメンが小さく寝返りを打つ。

ここでジーンの名前でも寝言で呼んでくれればカワイイものだが、到底、望めそうにもない。あるいは、映画のキャラクターの名前では呼んでくれたとしても。

なんでこんなオヤジにいいようにふりまわされてるんだか……。

と、自分でも不思議だが、——仕方がない。

春以降、クレメンが何と言おうと、ジーンは時間があれば勝手にこの家に押しかけ、家のスペアキーも手に入れた。

クレメンはいくぶん居心地悪そうにしていたが、ほとんどなし崩しに受け入れていた。

……ベッドの方も、だ。

誘うととまどう様子をみせるが、それでも拒むことはない。

だんだんと慣れてきているようではあった。側にいるジーンの存在にも…、身体の方も。

本格的にクレメンが次回作の構想を固め、制作に入ると、もう相手にしてくれなくなるのは目に見えている。今回のイベントでも次回作についてはよく尋ねられ、クレメンもかなり具体的なところまで答えていた。

だから、その前に……徹底的に狂わせてやりたかった。

快感だけで、体中をいっぱいにして。自分のことだけで、頭の中をいっぱいにして。

他に何も考えられないくらい。

忘れられないように、自分の存在を刻みつける——。

役者としても、男としても。

「明日は一日中、許してあげませんよ」

小さな寝息を立てる男の顔をのぞきこみ、その耳元で洗脳するみたいにささやく。

そして唇に軽くキスを落とすと、ジーンは明かりを消して部屋を出た——。

※　　　※

「え？　隣？」

いったんカウンターのしゃれたイスに腰を下ろした千波は、思わず肩越しにダイニングから広く張り出したウッドデッキのむこうを眺めた。

まだクーラーを入れる季節ではなく、いっぱいに開け放した窓から優しい春の風が入りこんでいる。

そのテラス越しにクレメンの家の庭、さらにそのむこうに隣家の庭と白い壁の一部が見えた。さすがに高級住宅地だけあって、この家と比べても遜色《そんしょく》のない豪邸だ。

「そう。売りに出てるみたいでね」

うなずきながら、ジーンが野菜ジュースの入ったロンググラスを千波の前に出してくれる。

ゆうべはクレメンをベッドに放りこんだあと、ダイニングのテーブルでジーンがグラスを出してホスト役になってくれた。酒の場所も、適当なつまみの場所も知っていて、さすがに、勝手知ったる、という感じだ。

家政婦は、クレメンが遅くなる時でも家に帰るようなら食事を作りおきしてくれているようだが、ゆうべはパーティーだったのでそれもない。が、長期に渡って留守をする時でなければ、果物と野菜は朝食のジュースのために常備しており、缶入りのナッツ類とか、チョコレートも何種類か、冷蔵庫にはあった。

作品について考えこんでいる時など、クレメンはコーヒーだけで一日を過ごすことがあるようで、せめてチョコレートでも口に入れてくれ、という心遣いらしい。

ゆうべはそのチョコレートもつまみにしたのだが、クレメンの日常のそんな細かいことまでジーンは把握しているようだった。

最新のアンケートで、今もっともセクシーな男性、メイクラブしたい男性のナンバーワンに輝いた全米のセックス・シンボル——もちろん女性たちの、あるいはゲイの、だ——とも言える男がずいぶんと一途で一生懸命なのが、微笑ましいというか、なんというか。

千波はロケの最中も自分の撮影でいっぱいいっぱいで、依光に指摘されるまで気がつかなかったのだが、確かにジーンはクレメンのことを気にしていた。

カメラがまわっている時ではない。それ以外の時の方が、ずっと。

それが、撮影が終わってからは逆になった。イベントや何かで会った時は、クレメンの方がジーンを意識しているように見えた。

はっきりしたのはジャパン・プレミアの時だったが、悩んでいたようなジーンもあの時に何か吹っ切ったらしく、そのあとはすっきりとした顔で、いつにも増して自信をみなぎらせ、トークも冴《さ》えていた。

クレメンはもともと浮世離れしているところもあって、正直、どう思っているのかわからないのだが、それでもこんなふうにジーンを受け入れているということは、やはりそれなりの気持ちはあるのだろう。

……それとも、押されているだけだろうか？

端で見ている分にはおもしろいのだが、当人はいろいろと大変なようで、ゆうべ千波はたまっていたらしいジーンの愚痴…、というか、のろけ、というか、を聞いてやっていた。

ついでに京都へ行きたいらしいクレメンの保護者として、紅葉の時期にジーンも時間をとって来日する計画を立てていた。酒の上での話だがかなり本気モードだったので、千波も依光に連絡しておこう、と頭の隅に記憶しておく。

結局、千波がゲストルームに引き上げたのは二時をまわったくらいだった。

ジーンも一緒に二階へ上がったが、さすがにクレメンが酔って寝ているせいか、別のゲストルームを使ったようだ。

今朝は起きてシャワーを浴びてから、十時過ぎに千波はコーヒーの香りの漂うダイニングへ下りていった。

結構な時間だったが、いたのはジーンだけだ。どうやらクレメンは二日酔いでヘタっているらしく、ジーンが水をベッドまで運んでやっていた。本当に、想像以上にマメで驚いてしまう。

そしてジーンが対面式のキッチンで、キャベツやらニンジンやらざっくりと何種類もの野菜を切り、ミキサーにかけるのを眺めながら、ふと、その話になったのだ。

空き家になっているという、クレメンの隣の家。

「以前は投資家が住んでいたようだが、例のサブプライム・ショックで手放すことになったらしい。

かなり買いたたけるから、出物ではあるかな」

　という話を、以前この家に来た時に家政婦から聞いたらしく、ジーンはすぐにマネージャーと弁護士に連絡をとったのだ。すでに買いとる前提で話を進めているらしい。

「でもジーン、こっち《LA》に家はあるだろう？」

　礼を言って、ニンジン色の勝ったオレンジのジュースに口をつけながら、千波が首をかしげる。

「買い替える形になるかな。ああ…、いや、今、むこうを売るのも得策じゃないか。むこうは貸して、こっちに引っ越してもいいし。ちょっと手狭になるけど、どうせ俺《おれ》もひとりだしな」

「手狭ねえ…」

　千波は嘆息する。

　あの豪邸に独りで住んで、どこが手狭なんだか。日本人からすると、うっかり殺意を覚えそうな放言だ。

「中は確認してるのか？　部屋数とか。ジーンなら、クレメンよりは客も多そうだけど」

「いや。どうせ立地だけの問題だし。内で問題があれば改装するさ」

「立地だけねえ…」

　再び千波はため息をついてみせた。

　そんな面倒なことをするくらいならここに一緒に住めばいいのでは、と思うが、まあ、いろいろとまわりに勘ぐらせたくないのだろう。メディアに対しても。

「そのうちに記事が載るぜ。『ああ、クレメンの家に遊びにいった時、隣が売り家だって聞いてね。手頃な大きさだし、気に入ったんで引っ越すことにしたんだよ。……そうそう、次回作のためにクレメンとも仲良くなっとかないとね。主役の座も危ないから』ユージン・キャラハン談」

——と。

「引っ越すんですか？」

いかにも気どってインタビューに答えるような調子で言ったジーンに、千波の後ろから聞き慣れた声が聞こえてきた。

クレメンだ。寝癖だらけの頭によれよれのパジャマ姿のまま、まだ少しぼうっとした顔に眼鏡をかけて、ぺたぺたと裸足で歩いてくる。

「あ…、おはようございます。ゆうべは勝手に泊めてもらってすみません」

軽く頭を下げた千波に、いえ…、とそれでも頭はまわり始めたのか、クレメンが首をふった。

「こちらこそ、迷惑をかけて。ここまで運んでもらったんでしょう？　すみませんでした」

千波にはそんなふうに丁寧に返したクレメンだったが、カウンターのむこうのジーンに対しては何も言わない。

それだけ慣れているのか、あるいは拗《す》ねているのか。

「ミセス・ケリーは？　まだ来ていないんですか？」

代わりに、きょろきょろしながら尋ねた。

「家政婦は来ませんよ。ゆうべのうちに、今日は休んでいいと伝えておきましたから」

しれっと答えたジーンに、えっ？　とクレメンが驚いた声を上げる。

「どうしてあなたが彼女の連絡先を知ってるんです？」

「あなたのことならたいてい知ってます」

意味深ににやっと笑って言ったジーンに、とたんにクレメンが落ち着きなく視線をそらす。

「でも…、困りますよ。食事とか……その」

「飯くらい俺が作ってあげます。材料がなきゃ、デリバリーを頼んでもいいし」

要するに、今日一日はふたりで過ごす、という宣言だ。

ピシパシと反論の隙《すき》もなく言われて、クレメンが黙りこんだ。

……おもしろい。

プライベートな時のふたりの会話などほとんど聞いたこともなかったが…、現場では、あたりまえだが、クレメンの方が会話をリードしていた。もちろん、内容は撮影に関することだったが。

しかし現場を離れると、やはりジーンの方が世慣れている、ということだろう。

社会的にも、そう…、色恋についても。

こうなんだよな、というような目でちらっとジーンが千波を眺め、クレメンも千波の反応が気になるように、ちらちらと横目にしてくる。

千波は素知らぬふりで、ジュースをご馳走になっていた。

「すわってください。これ、飲んで。とりあえず、何か胃に入れてくださいよ」

言いながら、ジーンが千波の隣の席にグラスをおいた。

どうも…、と首を縮めるようにして、クレメンがのそのそとイスに腰を下ろす。

「ええと…、その引っ越しというのは？」

そしてどこかあわてて会話をそらすように、グラスに手を伸ばしながらクレメンが聞き直した。

特に深い考えはなかったのだろう。ただ、耳に入ってきた単語を口にしただけの。

だがそれは、ウサギが罠《わな》に飛びこむのに等しかった。

「ここの隣にですよ。売り家でしょう？　俺が買うんです」

何でもないような顔をして、ジーンがさらりと言った瞬間、クレメンが大きく目を見張った。

「……正気ですか？」

そして呆然《ぼうぜん》とジーンを見つめて、つぶやくように言う。

「そんな、正気を疑われるほどのことじゃないでしょう」

いささか気分を害したように腕を組んで、ジーンが返した。

……いや、普通はやりたくてもできないことだけどね…、と千波は内心でうめく。

「あんまりしょっちゅう、俺がこの家に入り浸るのも何ですしね。お隣さんだと、そういう気兼ねがないでしょ。庭の塀をぶち抜いて、正面にまわらなくてもいいようにしておけば出入りも楽だし、なんなら渡り廊下みたいなのをつけてもいいし」

「そんな……」

ぐっと自分の分のジュースを飲みつつあっさりと言ったジーンに、クレメンがとまどったように視線を漂わせる。

「仕事の邪魔をされるのは困ります」

それでもなんとか言い返したクレメンに、淡々とジーンは答えた。

「邪魔なんかしませんよ。俺だってずっと家にいるわけじゃないし。半分は仕事で出てるでしょうから、たまに帰ってきた時くらいあなたの顔を見せてもらってもいいでしょう」

そんなてらいもない言葉に、クレメンがさらに困ったように顔を伏せる。

だがそれは、嫌がっているわけではなく、……とまどっている、のだろう。

「ダメなんですか？」

カウンターからわずかに身を乗り出すようにして、意地悪くジーンが尋ねている。

がっしりとした腕が伸びて、指先が跳ねまわっているクレメンの髪を手直しするようにして撫《な》でる。

「別にダメでは……ありませんが」

ますます小さな声で、クレメンが答えた。

ちらっとジーンの視線が合図するように流れてきて、どうやらこの先は邪魔なようだった。

千波はジュースを飲み干すと、ごちそうさま、とグラスを返す。

「じゃあ、俺はこれで。秋の京都は依光にもいいところを聞いとくから」

席を立った千波に、クレメンがちょっとあせったように顔を上げた。

「もう帰るんですか？」

「帰りますよ。馬に蹴《け》られたくないですからね」

千波の言葉に、ふたりが怪訝《けげん》そうに顔を見合わせる。

日本的な言いまわしが意味不明だったのだろう。

「馬って？」

「今度、京都に来たら依光に説明してもらえばいいよ」

それに小さく笑って、千波が返す。

肩をすくめ、またな、とひらひらジーンが手をふってきた。

それに手を上げて応え、クレメンにも軽く会釈して千波は玄関へ向かった。

「京都へ行くんですか？」

背中で、クレメンの尋ねている声が小さく聞こえてくる。いかにもうらやましそうな。

それにジーンがすかした調子で答えている。

「ええ。秋に行く予定なんですよ。紅葉がきれいな季節みたいだし。依光のニンジャ・ショーが見られるそうだし。あなたも行きたいですか？」

……嘘《うそ》ばっかり。

内心で笑いながら、本当に時間が合えばいいのだが、と千波も思う。

大通りへ出るとタクシーを拾って、千波は自宅まで帰り着いた。

と、待っていたように電話が鳴り出す。携帯ではなく、家の電話だ。

『……あ、千波さんですか？　突然すみません。三津谷《みつや》です』

日本でマネージメントをしてくれている三津谷からは、定期的な仕事関係のメールを受けとっている。出演や取材のオファーだ。

だが千波が日本ではほとんど仕事を受けていないこともあって、緊急性のある用は少なく、こんなふうに直接電話をしてくることはめずらしい。

「いいですよ。どうしたんですか？」

今、ちょっといいですか？　という、いくぶん遠慮がちな問いに、千波は気軽に答える。

『すみません。監督が先に千波さんの予定を確認しとけ、って言うので』

「木佐《きさ》監督？」

千波はちょっと首をかしげた。

年明けから撮影に入っていた木佐の新作は、例のごとくかなりハードで、日程もずいぶんずれこんだが、なんとか無事にクランクアップしていた。公開はこの夏予定で、木佐は今、編集作業の真っ最中のはずだ。

三年前の映画の続編、そして依光や野田《のだ》との共演ということもあり、千波としても、やはりハリウッドでの撮影とは違う緊張感と高揚感のある撮影だった。クランクアップ後はすぐに『ＡＤⅡ』のプロモーションに入っていたが、それでもまだ身体に余韻が残っている。

また…、いつか木佐の作品に出る機会があればうれしいと思うが、しかしまだ予定を聞かれるような時期ではないはずだ。そんなに早く木佐の次回作が制作されるとも思えない。

「俺のスケジュール？」

『ええ。実は七月の公開前に、テレビでスピンオフ的なドラマスペシャルをやる企画が持ち上がっているんですよ。木佐監督の脚本演出で』

予想外の言葉に、へえ…、と千波は小さくつぶやいた。

木佐がテレビドラマを撮るのはめずらしい。まあ、もちろん、今回は映画関連ということもあって受けたのだろうが。

「三津谷くんがハッパをかけたの？」

千波は思わず、口元で笑って聞いた。

木佐の事務所で経理も見ている三津谷は、なかなか木佐には厳しいスタッフのようだ。

現場では暴君のごとく君臨し、役者もスタッフも誰一人逆らうことのできない木佐監督も、財布の紐《ひも》を握る三津谷には、いささか弱いらしい。

『まあ、稼げるところで稼いでくださいとは意見させてもらいましたが』

それにさらりと三津谷は言ってのける。

実際のところ、渋る監督の尻《しり》をたたいて受けさせたのかもしれない。

『でも実は監督の方も、渡りに船だったんじゃないかと思いますよ。脚本は今から起こすみたいですけど、セットや何かはできるだけ映画で使ったモノを使うようですから、映画の方で撮り直したいシーンとか、追加シーンとか……この機会に撮りたいみたいで。役者もだいたい同じメンツがそろいますしね』

「ああ…、なるほど」

編集をしていると、気になる箇所とか、足りないシーンとか、新しい視点とか、いろいろと出てくるのだろう。

千波はうなずきながらも、スタッフが大変だな…、とちょっと苦笑する。

映画とのつなぎを考えるのなら、衣装から髪型から小物から、全部細かくチェックしなければならない。機材の準備も。

『一応、六月の中旬から三週間ほどを予定しているんですが』

「うん、大丈夫だと思うよ。丸ごとは無理かもしれないけど」

答えながら、ちらっと壁のカレンダーに視線をやる。

日本から持ってきた――というか、いつの間にか依光が荷物に入れていた太秦《うずまさ》のカレンダーだ。なので左端が赤く、日本の休日がマークされている。

映画村の風景や、サムライたちの姿。浪人姿の依光も、ちらっと映っていた。ＬＡの自宅リビングではいささか浮いているが、日本の年間サイクルを思い出すにはいいアイテムだ。

千波も今は、次回作としてオファーのあった脚本や企画書を読み比べているところで、比較的余裕もある。

『ええ。千波さんの出演シーンはできるだけ固めておくように伝えます』

「よろしく。決まったら連絡をお願いします」

そんな言葉で話を終える。

映画ではなく、ドラマ。だが、また依光とやれるのだ。

わくわくと胸が弾み、自然と笑みが浮かぶのがわかった――。

※

※

「――じゃあ、ここで今夜のゲスト、智《とも》の歌うチャコメロのサードアルバムからどれか一曲、ということで。えーと、選んだのが」

「『ピンキーリング』」

「ピンキーリングって、アレだよな？　小指にするヤツ？」

「そーそー。おしゃれでカワイイ。でも依光さんはあんまりアクセってつけてないですよね？」

「つけてるぞ？　ピカピカ光る長モノをよく腰に差してる」

「アレ、アクセですかぁ？」

「あと、印籠《いんろう》とか、根付けとか？」

「渋いなー」

「ていうかな、時代劇の浪人にうっかり指輪の跡とかあったらおかしいだろーよ」

「ああ、なるほど！　確かに」

「妙な日焼けもできないしな」

「ペアリングとかもしないいんですか？　恋人と遠く離れてるとそういうアイテムがあるとうれしいでしょ？」

「そういや、考えたことなかったな…。まあ、千波とは毎日、電話はしてるし」

「うわあ…、相変わらずラブラブー」

「おい…、なんだよ、智。今日はずいぶんきわどい話をビシバシふってくるじゃねーか？」

「タブーなんですか？　千波さんの話」

「別にタブーじゃないけどさ…。あんま話すと減りそうっつーか、もったいない感が…」

「うわー、依光さん、心が狭いですよー。だいたい俺がゲストの段階である程度は覚悟しとかないと。俺、めっちゃ千波さんのファンですからね。ここで情報ゲットしないと、他じゃぜんぜんつかめないし。例のドラマ、撮影中なんでしょ？　千波さんも帰ってくるんじゃないですか？」

「んー。そろそろだって聞いてるけど……——うわっ、なっ、千波…っ!?　えっ？　何？　智、おまえ、知ってたのかっ!?」

「ハイ、では、先週発売されたチャコール・メローイングのサードアルバムから、『ピンキーリング』。ポップなナンバーです。聞いてください。どうぞっ」

思わずイスから立ち上がって口をぱくぱくさせたパーソナリティの依光をさしおいて、ゲストの加《か》地智郁《じともふみ》がさっさと曲紹介をして切り替わる。

チャコール・メローイングというバンドのボーカルで、まだ二十二歳。デビュー前から依光とは知り合いだったが、次の木佐の映画『トータル・ゼロ／β』では書き下ろしの主題歌を歌うことになっている。

この四月から週に一度、二十四時からの三十分、依光はラジオ番組を持っていた。その生放送だ。

金魚鉢の外には、馴染《なじ》んだスタッフやマネージャーの顔とともに、もう一つ――。

初夏らしい白のコットンシャツをシンプルに着た千波が、楽しそうな顔で手をふっていた。

「トモっ！　おまえ…っ、なんでおまえが知ってんだっ？　いつから知ってたんだよっ」

思わず両手で首を絞める勢いで問いただす。

なんでそんな重大なことを、番組のパーソナリティであり何よりも恋人である自分より、このガキが先に知っているのか。

「うわっ、ロープロープ！　……だから、えっと…、始まる直前に花戸《はなこ》さんから聞いてっ」

ようやく智郁が答えると同時に、ガチャッと重い扉が開いて、千波たちがブースに入ってきた。

「花戸っっ！　なんで俺に言わねぇんだよっ！　まず俺に言えよ！」

その先頭にマネージャーの花戸の顔を見たとたん、依光は非難の声を張り上げる。

「おもしろいからに決まってるだろう。まあ、ラジオなら、前のテレビみたいにおまえの間抜け面がお茶の間にさらされる心配もないしな」

が、さすがに花戸のツラの皮は厚く、まったくこたえた様子もない。

「千波っ！　おまえもだろっ。帰るんなら、帰るって！」

泣きそうになりながら恋人に向き直ると、ははは…、と、千波は暢気《のんき》に肩を揺らして笑った。

「ごめん。おもしろいから」

「ひでぇ…」

恋人にまであっさりとあしらわれ、がーん…、と大きくショックを受けたポーズをとってみる。

それにガラスのむこうでスタッフが受けて笑ってるのが見えた。

内心でホッと息をつく。

依光は自分の番組の中で、千波の話をすることもあった。流れの中で自然な話題になれば、だが。

自分の映画の宣伝もするので、このところは必然的にしゃべる機会も増えている。不自然に避けたくはなかった。

リスナーの相談や質問に答えて、千波の名前は出さず、自分の恋愛話として、自分の素の気持ちを語ることもある。

今回のようにゲストの方からあえて名前を出してくることはさすがに少ないが、智郁にも言ったように、触れられない、触れてはいけない話題にするつもりはない。

日本で、自分の馴染んでいる場所では、いつ千波が顔を見せても居心地よくしておきたい。普通にいられる空気にしたい。

そう思っていた。

……それにしても。

「恋人とマネージャーに結託されたら勝てるわけねーじゃん…」

ポーズだけでもなく、いじいじといじけてしまう。

「ホントに愛されてんですか？　──いてっ」

横から、いひひひひ、と笑いながら智郁が口を出し、無造作にゴン、と一発、拳《こぶし》をお見舞いする。

もー、と頭をさすりながら、智郁がスポーツドリンクをとりにいったん外へ出た。

「車、準備しておくから。終わったらすぐに下りてこいよ」

花戸もそう言って、ミキサールームのスタッフにそつなく頭を下げると先にスタジオを出る。

ブースにはふたりきりで残されたわけだが、もちろん会話は筒抜けだ。姿も見える。

「いつ帰ってきたんだよ？」

それでもハァ…、とため息をつき、あらためて依光は千波に向き直った。

この前会ったのは三月だったから、三カ月ぶり、というくらいになる。長い方ではないのだろう。

「ついさっきだよ。ええと、三時間くらい前。成田からここに直行したんだって。早く顔が見たかったから」

「ホントかよー」

いかにも疑わしげに言いながら、依光はさりげなく手を伸ばして千波の手をとる。ガラス張りになっているのは腰から上くらいだったから、その下で。

千波も表情は何気ない様子でその手を握り、きつく指をからめる。

視線が絡み、重ね合った手のひらから、じわり、と温もりが伝わってきた。

「あ、クレメンとジーンからおみやげ、預かってる」

「へー、楽しみ。……ていうか、ジーンから？　何か裏があるか？」

「あるかもなあ…」

なんということもない会話を続ける。

音楽が終わりかけていた。あと三十秒、と声がかかる。

「あ、千波、おまえこのままトークに入れるか？」

「俺はいいけど…、いいのか？」

首をかしげた千波に、依光は確認するようにガラス越しにディレクターの方を見た。

むこうでちょっとメタボ気味の中年男が、会話は聞いていたのだろう、満面の笑みで興奮気味に大きく両手を上げて丸を作っている。

それはそうだろう。興行成績のトップをひと月も独走した、話題の超大作に出演しているハリウッド・スターだ。ギャラを出したら出てもらえるというものではない。

これも一種のコネ、というべきか。

「加地さーん、もどってきてくださーい！」

トイレにでも行っているのか、智郁が呼びもどされている声が聞こえる。

十五秒前がカウントされ、少し場があわただしくなる。

「千波」

依光も席につこうとして、ふっと、ほとんど反射的に、むかいのイスの片方に近づいていた千波の腕を引っ張った。

わっ…、と小さな声を上げて、千波が体勢を崩す。ふたりして床に膝《ひざ》をついた。

ガラスで仕切られた枠の下、むこうからは見えない場所だ。

身体を支えるように片手をついた千波が顔を上げ、間近で目が合う。

素早くキスをする。

「おかえり」

こっそりとささやくように言った依光に、ふわっと千波が笑った。

きれいに。なぜかちょっと泣きそうな顔で。

そして腕を伸ばすとギュッと依光の肩をつかみ、背中に腕をまわし、肩口に顔を押しつけてくる。

その感触を、匂《にお》いを、温もりを確かめるみたいに。

うん…、と小さく震える声が答える。

五秒前――――、の声がかかり、ふたりが立ち上がると同時に智郁が飛びこんできた。

「あ、千波さんはこっち！」

そして自分の隣のイスを引いてうながす。

「はい、……ええと、チャコール・メローイングの『ピンキーリング』でした。さて、放送時間も残りわずかというところで、なんと、ここで本日はもうひとり、スペシャルなゲストが！　さあ、誰でしょうか!?」

依光がイスにすわるやいなや曲が終わり、白々しいあおりとともに片手でパフパフと鳴り物を鳴らす。

「依光さん、さっき思いっきり叫んでなかった？」

「え？　幻聴だろ？」

とぼけた依光に、きゃははははは！　と智郁が笑い声を上げる。

苦笑しつつ、千波がマイクに顔をよせた——。

※　　　　※

『……ええと。瀬野千波です。こんばんは』

いくぶん緊張した声がラジオから流れた時、三津谷はリビングで自分のノートパソコンに向かい、帳簿をつけていた。

泰丸《やすまる》の事務所の、だ。

「あれ？　千波さん、帰ってきてるのか？」

ちょうど風呂《ふろ》から上がってきた泰丸が気づいて、後ろでわずかにラジオのボリュームを上げた。

「ええ。今日の夜の便だと聞いてます。生だから直接行ったんじゃないかな」

先に入っていた三津谷はすでに楽な部屋着に着替えている。液晶画面から目を離さず、手を動かしながら、淡々とそれに答えた。

「おまえ、迎えに行かなくてよかったのか？」

パタン…、と奥のキッチンの方から冷蔵庫の扉の音、さらにパチッと缶ビールを開ける音をさせながら、ちょっとうかがうように泰丸が尋ねてきた。

三津谷が千波の日本でのマネージャーだと知っているからだ。

「よほどの時じゃないと送迎は必要ないみたいですよ。こっちでの取材には同行するつもりですけどね。まあ、何かの時には花戸さんがついてくれるみたいですし」

花戸は依光のマネージャーだが、千波と同じマンションに部屋を持っている――というか、花戸と同じマンションに千波が部屋を借りたのだ――ので、依光と現場が同じならば送り迎えもしてくれるようだ。

元弁護士ということで、あまり業界人らしくないが、なかなかのやり手だ。

三津谷の立場からは、信頼できる相談相手になることも、手強い交渉相手にまわることもある。

……依光のギャラの設定などで、だ。

ふーん…、とビールを飲みながら再び近づいてきていたらしい泰丸が、どこかのんびりと背中でうなった。

そのいかにも他人事な暢気さに、ちょっとムカッとする。

まったく木佐にしても泰丸にしても、自分のオモチャで遊ぶことしか考えていない。

そのオモチャを、こっちがどれだけ苦労して準備してやってるのかわかってるのかっ、と時々、どやしたくなる。金や人のやりくりに頭を悩ませて、あっちこっちに頭を下げて。

……ただ、それでもやっぱり。

彼らの描き出す、彼らにしか作れない世界がある。

それに魅了されているのだ。

何より、彼らが満足して、思いきり自由に遊んでいる無邪気な顔が好きなのだ……。

「じゃ、撮影も明日から入るのかな？」

「明日は千波さん、オフですよ。というか、早めに帰国したみたいですから。あさっては取材と衣装合わせだけで、撮影はしあさってからの予定だったと思いますけど」

泰丸の問いに、三津谷は記憶しているスケジュールを答える。

こちらでの仕事はかなり絞りこんでいるが、それでも千波もまだ『ADⅡ』がロングヒット中で、さらにこのドラマ、続く映画との兼ね合いもあり、雑誌の取材はいくつか受けている。

あ…、と思いついて、モニター画面の経理ソフトをいったん落としてメールチェックすると、案の定、千波への取材や出演依頼らしい新着メールがいくつか入っていた。

依光の番組を聞いていた関係者なのだろう。素早い。

仕事用に公開している携帯の電源はオフにしていたが、そうでなければ今頃、着メロが鳴り響いていたかもしれない。仕事相手に電話を入れるには非常識過ぎる時間だが、世の常識と違うところがこの世界だ。

メールをざっとチェックしてから、三津谷は今日の仕事は切り上げた。

「あなたも現場、行くんですか？」

手元のメモにチェックを入れ、電源を落としながら三津谷は何気なく尋ねる。

「ああ。だいたい毎日、顔は出してる。監督、その場でいろいろ注文つけてくるしな…。カーテンの色を変えろとか、スリッパの材質とか……あ、いや、その場合はたいてい手近にあるものでなんとかしてるから」

言いかけて、思い出したようにあわてて予算が増えていないことをアピールしてくる。

「いいですね、臨機応変な対応をお願いします」

淡々と答えてからパソコンを閉じ、三津谷はようやくふり返った。

――と。

「ちょっ…、なんて格好をしてるんですかっ」

思わずカッと顔が熱くなるのを感じ、反射的に視線をそらした。

泰丸は風呂上がりの裸に、腰にバスタオルを巻いただけの姿だったのだ。それに片手に缶ビール。

絵に描いたようなオヤジだ。

「なんてって……家の中だろ」

「同居してるんですから、それなりの気遣いはあっていいでしょう！　パジャマくらい着てくださいよっ」

「どうせすぐ脱ぐのに。洗濯物が増えるだろー。洗剤のムダだろー」

にやり、と三津谷の弱点を突くように、意地悪く言ってくる。

「そういう節約はしなくていいですよっ。パジャマ一枚で量が変わるわけじゃあるまいし」

すぐ脱ぐってなんだ、と思いつつ――もちろん、解釈がいくつも想像できるわけではなく。

バン、とローテーブルに手をついて勢いよく立ち上がると、三津谷は憤然と歩き出した。

が、自分でも確固たる目的があったわけでなく、さらにすぐ横の泰丸の姿を直視しないようにという意識が働いたせいで、前方不注意になっていたらしい。

「わ…っ、――っ……！」

何かが足に引っかかり、次の瞬間、派手にすっ転んでいた。

「みっ…三津谷…っ⁉」

あせった泰丸の声をどこか遠くで聞きながら、腕が無意識に支えを求めて伸びる。

そしてとっさに触れたモノをつかんだ瞬間、それはバキッ、と不吉な音を立てて手の中で崩れた。

転んだダメージはたいしたことはなかった。フローリングだがラグも敷かれていたし、膝をぶつけたくらいで頭も打ってはいない。

――が。

「……壊したな。これ、明日現場に持ってくヤツだぞ？」

頭の上で低く泰丸がうなった。

腕を組み、渋い顔で三津谷とその周辺を難しい顔で眺めまわしている。

ハッと気がつくと、三津谷のまわりでアジアンテイストのざっくりと茅《かや》を編み上げたようなカゴがいくつかへこみ、どう考えても三津谷が折ったのだろう、細めの竹を組み合わせた欄干《らんかん》のような柵が無惨な姿で転がっている。

「こ、こんなもの、私の近くにおいておかないでください…っ」

あせって、思わず責任転嫁しつつ、つっかかってしまう。

いや、確かに自分のせいだが、しかし三津谷の度重なる前科を知っていて、こんな場所におく方もおく方だと思う。

「おいておかないで、っておまえなー」

泰丸が頭をかきながら嘆息した。

「俺だって背景を変えてチェックしたいしさ。いつも見えるところにおいとくと、ふっとアイディアが浮かぶ時もあるし」

確かに、泰丸はいろんな得体の知れないモノを家中のいろんな場所においている。それがもともとのインテリアなのか、セットなのかの区別も三津谷にはつかない。そして、しょっちゅう入れ替わっている。

「だいたいおまえが不器用すぎなんだって。パソコンと電卓以外、器用に使えるモンがないんじゃないの？」

からかうように言われて、さすがにカチンとくる。

「すみませんね。どうせ不器用ですよ」

両膝を床につき、ずれた眼鏡をかけ直しながら三津谷は拗ねたように言った。

「カワイイからいいけど」

が、それにあっさりと返され、……どう答えていいのかわからなくなる。頬《ほお》が熱くなった。

……ずるい男だ。

「ほら、こういう時のためにあるんだろ？　チケット、持ってこいよ」

三津谷がどうしていいのかわからず、顔も上げられないでいると、泰丸がよこせ、というみたいに手のひらを上にして、三津谷の目の前でひらひらさせる。

「あ…」

と、思い出した。

そう、まだほんの二週間ほど前、この家に三津谷が引っ越してきた時、引っ越し祝い、となぜか泰丸がチケットの束をくれたのだ。

「修理券」と「介抱券」。

装飾的なフォントで印字された、十枚綴《つづ》りのを二組。カラーの美しいしっかりしたものだったが、どうやら泰丸の手作りらしい。

『それがあれば、おまえがどこかで何か壊しても俺が直してやるし、おまえがどこで飲んだくれて潰れてもちゃんと介抱してやるから』

と、笑って言われて……壊すこと前提かっ、とまったく不本意だったものだが。

しかしさっそく役立ってしまいそうだ。

三津谷は急いで立ち上がると、自分の部屋の引き出しから「修理券」の方の束を持ってきた。

「これで……いいんですか？」

きちんとミシン目もついていて、おずおずと端の一枚を切りとって泰丸に渡す。

ハイハイ、と妙に機嫌よくそれを受けとると、泰丸は裏表、ひっくり返してそれを眺める。

「まいど」

そして、にやりといかにもうさん臭《くさ》い笑みを口元に浮かべると、その券をもう一度、三津谷に返してきた。

「まいど？」

その意味がわからない。

「裏に書いてあるだろ？」

怪訝な顔の三津谷に、泰丸はにやにやとしながら言った。

言われるまま、三津谷は券をひっくり返す。が、やたらと複雑でカラフルなパターンがくり返されているデザインで、文字が書いてあるわけではない。——いや。

「ココ」

泰丸に爪の先で指摘されて、ようやく気づいた。

『キスと交換』

フォント5くらいの小さな文字で、それは一つ一つ、周囲の模様に色も形もあえて埋没するように配置されている。

さすがに美術監督だけあって、コンピューターグラフィックを駆使したらしい装飾的で手のこんだ仕上がりだと思っていた。そのへんでもらうコーヒーチケットなどより、よほど芸術的な仕上がりで。

その労力に感心する、というより、あきれたものだが……こんな罠があったとは。

「こ、交換なんて、プレゼントじゃないじゃないですか…っ」

思わずうろたえて三津谷は声を上げた。

ふふん、と特撮の悪役のようにふんぞり返って泰丸が笑った。——タオル一枚の素っ裸で。

「世の中、そんなに甘いわけないだろ。商店街の福引きだって、品物を買わなきゃクジは引けないんだからな」

どっかりとソファに腰を下ろした泰丸が、ほらほら、と指で三津谷をうながす。

唇を噛《か》んで男をにらみながらも、仕方なく三津谷は近づいていった。

「案外、悪知恵が働くんですね」

腹いせに言った皮肉に、泰丸は軽く鼻を鳴らす。

「いいだろ、チケット制。おまえが甘えやすいだろうと思ってな。……あ、誕生日にはまた補充してやるから」

どこか自慢そうに言われ、あ…、とようやく三津谷は気づく。

そうだ。このチケットがあれば、口に出さなくても伝えられる。逃げ出して帰りづらくなった時でも、ケンカをして仲直りしたい時でも。

三津谷にとっては、きっとお守りのようなものだ。実用性のある、お守り——。

これから一緒に暮らしていく中で、何かが壊れてもその都度、しっかりと直していける。

でも、結局何もかも甘えているようでちょっと腹立たしく、三津谷はキュッと男の頬をつねった。

「……いでででっ。なんでだよ……」

顔をしかめて頬を撫でつつ、泰丸ががうめいた。

「いいんですか？　こんな条件だと、私がやりたい時には適当なモノを壊しますよ？」

「おいおい…。したい時はふつーに言ってくれれば、俺はいつだって善処しますよ？」

ちょっと意味ありげな目で強気に言うと、泰丸があわてたふりで返してくる。

そして腕を伸ばして、グッと三津谷の身体を膝の上に抱きよせた。

「代金は先払いで」

吐息が触れるくらいの至近距離で、熱い眼差《まなざ》しで。

泰丸が要求した。

「仕方ないですね…」

いかにもな調子で言いながら、三津谷はそっと腕を伸ばした。

手のひらで男の厚い肩に触れ、胸まで撫で下ろす。風呂上がりのしっとりとした裸の肌に、手のひらが吸いつくようだった。

男の胸の鼓動を手のひらに感じる。自分のものと同調している気がする。

静かに顔を近づけ、三津谷は身体をすりよせるようにして男にキスをした。

舌先で男の唇をなめ、隙間から割って入って相手の舌を探す。おたがいの濡《ぬ》れたものが触れ合って、絡み合って……途中から攻守が逆転するように、男の舌に奪いとられる。

反射的に逃れようと引いた瞬間、自分の口の中まで攻めこまれ、さらに激しく味わわれる。

「ん……っ…、ふ……」

息が苦しくなってようやく唇を離し、三津谷はぐったりと男の胸に倒れこんだ。

「もっと…、先がしたいな」

しかし息も整わないうちに男の手が三津谷のTシャツをくぐり、胸を撫でまわし始める。もう片方の手が三津谷の頬を撫で、そのままうなじへとまわり、身体を支えるように背中へと落ちていく。

固い指先が小さな芽を弾き、押しつぶして刺激してくる。

「ふ…っ」

妙な声が出そうになって、三津谷はとっさに息をつめた。

「キス……だけでしょう……?」

とっさにシャツの上から男の手を押さえこみ、知らずかすれてしまった声でなんとか言い返す。

「ムリ。今のキスでがっつり、あおられた」

「勝手なこと…っ、——は…ん……っ！」

あっさりと言われ、声を上げた瞬間、シャツの裾《すそ》を大きくめくり上げた男が乳首に舌を這《は》わせ、軽く甘噛みしてくる。

たまらず、三津谷の喉から恥ずかしいあえぎ声が飛び出した。

「我慢できねぇし…、こんな体調でやってもいい仕事にならねーよ……」

せっぱ詰まった泰丸の声。腰を支える、力強い腕。

バスタオル越しに男の硬いモノがあたってくるのがあからさまにわかる。

うれしかった。本当は…、相手からこんなふうに求められるのは。

——カラダだけ。気持ちよくなれればいいんでしょう？

いつも、そんな言葉で誘ってみせるばかりだった。

「修理…、間に合うんですか……？」

男の膝の上でわずかに身体をのけぞらせ、指先で男のモノを探りながら三津谷は確認する。

「間に合わせる」

きっぱりと答えた男の手が三津谷の眼鏡をとり、さらにシャツを強引に引っ張り上げて頭から脱がせた。

強い力で引きよせられ、むさぼるように無防備になった胸に唇が這わされていく。

——他のチケットもチェックしておかないとな……。

何がこっそりと指定されているのかわかったものではない。

じわじわと押しよせてくる熱い波に身をゆだねながら、三津谷は頭の中で確認した。

※　※

「おはようございまーす！」

スタジオの裏の湾側にまわりこんで外の大きな鉄扉を開いてもらい、撮影もなかばを過ぎたこの日、泰丸はトラックで現場の中まで乗り入れた。

まごうことなく、おはようございます、の時間帯で、早朝の六時。しかし返ってくる返事はまばらだった。

スタジオは撮影前と言うべきか、撮影直後と言うべきか。

明け方近くまでかかっていたのだろう。寝袋やら、毛布一枚やら、段ボールやら。スタッフの屍《しかばね》があちこちに横たわり、ついさっきまでの余韻と熱気がまだこもっているようだった。

今日は大きなセットを組み替える予定で、泰丸も作業スタッフと早めに出てきたのだ。

「――あ、これ、もうバラしちゃっていいんですか？」

軍手をはめつつ、中に組まれたセットを指して顔馴染みのスタッフに確認する。

「ああ、大丈夫だ。……けど、また組めるようにしといて。なにせ、木佐監督だし」

「ええ。木佐監督ですしね」

またいつ撮り直しとか追加がかかるかもわからない。

ハハハ…、とおたがいに疲れたような、共犯者の笑みを浮かべる。

泰丸は一応、自分の備忘録として今のセットを部分部分、デジカメで写真に撮り、スタッフに合図をして手早く解体を始めた。

「再開、何時からっすかー?」

「十時半」

「りょーかい」

そんなやりとりをしつつ、注意深くセットを片づけていく。

日が昇るにつれてだんだんと気温も上昇し、額にタオルを巻いて汗だくになりながら、新しいセットを組み上げ、資料やコンテをチェックしつつ、小物なども整えていく。

時間が近づくにつれて死んでいたスタッフも復活し、徐々に活気をとりもどしていった。

「お花、届きましたよー!」

女性スタッフの声で、十時半前になってようやく手配していた生花の到着が知らされ、セットに運びこまれる。

「花瓶!」

泰丸は大声で指示を出す。セットであるホテルのロビー中央におかれる大きな壷と、廊下の端やクラシックなフロントのカウンターにもガラスの花瓶がおかれる予定だ。

「水だけじゃダメだ! スタジオの暑さじゃもたないぞ。氷を入れとけよ!」

「わかりました!」

スタッフが準備に走りまわる中、木佐が眠そうな顔でのっそりと姿を見せた。

おはようございます…！　とあちこちからいくぶん緊張した声が飛ぶ。

「どうだ？」

木佐は泰丸の顔を見つけると、挨拶《あいさつ》もそこそこに尋ねた。泰丸にしても、最終的な確認は監督にしてもらわなければならない。

「今日は暑いですからね…。花には気をつけた方がいいでしょう。途中でぐったりするとまずい。水を替えるか、氷を補充するか」

木佐に言いながらも、あとでＡＤに伝えておかなければ、と思う。

「今日中にここでのシーン、撮り終えますか？」

「の、予定だが……どうだかな」

木佐が他人事に肩をすくめた。

「明日も同じ花が手配できるかわからないですし、花、高いですしね…」

言ってから、泰丸は反射的にきょろきょろと三津谷の姿が見えないか確認する。

「とりあえず、同じ日のシーンは撮り終えなきゃいけねぇわけだな…」

と、まるで何かを察知したように、三津谷が入り口から入ってきた。

きちんとしたスーツ姿はこんな現場ではめずらしい。プロデューサーと何か難しい顔で話している。

「――おい！　その花、もっとマシに生けられねぇのか！」

現場を眺めまわしていた木佐が、突然大声で怒鳴《どな》った。

セットのど真ん中に設置されている台の上に、鮮やかな染めつけの大きな壺《つぼ》がおかれている。それに水と氷を入れてスタッフが花を生けていたのだが、どうやら監督のお気に召さないようだ。

確かに、スタッフはただ適当に来た花を壺に入れただけ、という感じで、画面で見てもごちゃごちゃしている。とはいえ、センスのいる作業で、心得のない二十歳前後の若者に要求するのは気の毒だろう。困ったように頭をかいている。

「誰かいねぇのか？」

木佐がチッ…、と舌を弾いて言った。

「あ、三津谷。あいつ、生け花できますよ。義理の伯母《おば》さんが先生みたいで」

そういえば、と泰丸は思い出す。

もっとも生け花というより、今必要なのはフラワーアレンジメントの方だろうが。

「三津谷！　ちょっと来い！」

ふり返って三津谷を見つけた木佐が、さらに大声で叫ぶ。

三津谷がちょっと驚いたようにこちらを眺め、話していた相手に軽く頭を下げて近づいてきた。

「何か？」

事務屋の三津谷が現場で何かすることは、基本的にはない。

「あれに花、生けろ。格調高くな」

怪訝そうに首をかしげて尋ねた三津谷にそれだけ言うと、木佐はさっさと他のチェックに向かった。

「おはよ」

その後ろ姿を見送って、泰丸はふー…、とタオルで首筋の汗を拭《ぬぐ》いながら、とりあえず言った。

今朝は泰丸がかなり早く家を出たので、三津谷の寝顔だけしか見ていない。

が、それにかまわず、三津谷は呆気《あっけ》にとられた顔で尋ねてくる。

「花って…、あの大きいのですか？　私が？」

「そ。コーディネーターに頼むような予算はとってないからな」

「でもこんな大作、やったことないですよ？　映るんでしょう？」

「いいから。よけいな予算、使いたくないんだろ？」

にやりと笑って指摘すると、仕方なさそうに三津谷が上着を脱ぎ、ハシゴに近づいた。

「格調高くって…、どんなイメージで生ければいいんです？」

踏み台代わりの脚立に手をかけながら、三津谷がさすがに不安げに確認してくる。

「うーん…、赤が目立つ華やかな感じだといいかな。あ、あと、ガラスの花瓶に小分けしてくれ。三つ。一つは青を基調にな」

とまどったようにしばらく三津谷は無造作に花が盛られた壺を眺めていたが、やがてため息をついて言った。

「とりあえず、いったん全部、出しましょうか……。水切りしないと」


木佐の怒鳴り声をＢＧＭに、助監督とセットの微調整をくり返し、カメラテストをして、結局、撮影が始まったのは十一時を過ぎていた。

とりあえず自分の仕事は一段落して、しばらく流れを見守ってから泰丸はシャワーを貸してもらう。

すでにシャツは汗だくで、べったりと肌に張りついていた。

ざっと髪も洗って用意してきた新しい服に着替え、すっきりとした顔で出てくると、とりあえず現場の方へとって返す。

千波は今日の午後に横浜の方で雑誌の撮影と取材が入っているようで、三津谷も迎えに行ってそれにつきあうと言っていたが、もう出たのだろうか。泰丸がこのままとどまれば、夕方にはもう一度、会えるはずだ。それだと、今日は一緒に帰ってもいい。

と、バスタオル代わりに使ったタオルを首にかけながら歩いていた泰丸は、シャワー室へ続く廊下を出たところで、きょろきょろと何かを探すようにしながらこちらに向かって来た男とぶつかりそうになった。

「あっ…、すみません…っ！」

ひどくあせったように、男がぺこぺこと頭を下げる。黒いキャップを目深《まぶか》にかぶっていたので、その頭のてっぺんくらいしか見えなかったが、首から下がっているのは通行証だろう。

「そっち、シャワー室しかないぞ」

足早に泰丸の横を通り抜けようとする背中に、泰丸は声をかけた。

「え…、あ…、そうですか。ど、どうも」

男はあわてて引き返し、照れ笑いのようなものを浮かべながら役者の控え室がある奥の方へと入っていく。

ここのスタッフなら知っているはずだが、泰丸のような外部スタッフのバイトか、新米のＡＤなのかもしれない。まだ学生っぽい若い男だ。

現場にもどる前に飲み物を買っていこうと思い立ち、自販機のあるコーナーへ足を向ける。と、先客がいたらしく聞き覚えのある話し声が耳に入ってきた。

ひとりは三津谷だ。

「……ええ、厳しいことは間違いないですね。削れるところはずいぶん削ってるんですけど」

相変わらず予算の話のようだ。

やっぱり大変なんだろうなあ…、と妙に他人事に思ってしまう。あちこちで文句を言われる嫌な仕事だが、誰かにやってもらわなければ現場はまわらず、感謝しなければいけないところだ。

相手は…、とそっと観葉植物の隙間からそちらをのぞきこむと、依光ともうひとり、確かマネージャーの花戸という男が缶コーヒーを手に立ち話している。

「千波くんのギャラを削るという手もあるんじゃないかな？　だいたい千波くんはそちらの事務所の所属なんだし、タダでも問題はないんじゃないかと思うんだが」

花戸が朗らかな口調でおそろしいセリフを口にしている。

「いや、花戸…、だからな」

間で依光がいささか居心地悪そうに頭をかく。

そしてもちろん、三津谷も負けてはいない。にっこりと涼やかな口調で言った。

「千波さんはうちの事務所でお預かりしているだけですよ。日本での窓口というだけです。世界的に評価された俳優ですよ？　やはり、それなりの待遇というものがありますし。依光さんこそ、たまには親孝行してみるというのはどうですか？」

……あからさまなタブーを恐れもせずに口にするあたりは、さすがに三津谷だ。

思わず背筋を震わせながら、泰丸は感心した。

「木佐監督がまともに子育てしてればそういう気持ちにもなるんだろうけどねえ…。依光はフリーだし、稼げる時に稼いでおかないと。うちは時価算定なんですよ。今はちょっと高めだけど、そのうち露出が少なくなったら下がってくる。高いだけで使いものにならない役者にはしたくないですしね」

「だから、花戸…、おまえな……」

依光がさらに低くうなった。

「時価って、俺は寿司《すし》ネタかよ……」

「その依光さんの露出が増えたのは、もともと木佐の功績でしょう」

「それこそ、罪滅ぼしってとこじゃないかな。そもそも依光はあの時、代役だったはずだけどね。千波くんの顔を立てて急遽《きゅうきょ》、出演を承諾しただけで」

「その結果、こうして主役級でドラマも入っているわけですから、やっぱりそれは……」

こえー…。やっぱ、こえー…っ。

密《ひそ》やかに戦闘モードな三津谷の声を聞きながら、泰丸はそそくさとその場を逃げ出した——。

※

※

「で？　どうしてあなたがここにいるんです？」

午後一時半。

スタジオの扉付近の薄暗い中、「はーなちゃんっ」と耳元でいかにも楽しげに落とされた声だけで、相手が誰かはわかろうというものだ。

花戸を「花ちゃん」などとふざけた呼び方をするのは、今のところ、空前絶後、古今東西、ひとりしかいない。

箕島彰英《みしまあきひで》。キャリア警察官のくせに、やたらと神出鬼没に花戸のまわりをうろうろしているうさん臭い男だ。……まあ一応、花戸の恋人らしい存在ではある。

まったくの部外者のくせにこうして自由に撮影現場に出入りしているのは、古くからの野田の親友であり、依光とも仲がいいせいだが、花戸としては少々、うっとうしい。

さらに懐いてくるようにすりすりと背中に頬がすりよせられ、花戸は肩を揺らしてそれを邪険に払い落としながら冷ややかに尋ねた。

視線は目の前でテストをしている依光から離さず、相手の顔も見ないままに。

「ほらほら。パス、ちゃんともらったんだってっ」

小声で正当性を主張しながら、箕島が首から提げたパスケースを花戸の前に突き出すようにして見せてくる。

花戸は短く舌を打った。

「また依光ですか？　依光からの通行証申請は却下してもらうように、事務局に伝えておかないといけませんね」

「ヒドイー」

腕を組んだまま淡々と言った花戸に、箕島が嘘泣きするような声を出す。

「だったら野田にもらうもんっ」

「野田さんは出さないと思いますよ。あなたは信用ないから」

「ヒドイ…」

箕島ががっくりと肩を落とす中、テストが終了し、緊張が切れてざわざわとした空気が広がった。

「——泰丸！」

木佐監督の怒号が飛び、はい！　とキレのいい声とともにやはり壁際にいた体格のいい男が弾かれたように走っていく。

セットに入った木佐が足下を指さして何やら指示している。難しい顔で男がうなずき、しばらく相談してからバタバタとスタジオを飛び出していく。

相変わらず、木佐の人使いは荒い。

「十分休憩入れまーす！」

横で聞いていたスタッフに木佐が顎《あご》で合図すると、その男が大声で周知した。

セットに入っていた役者やスタッフたちが個々にばらけ、タバコタイムか、木佐が小箱を持ってのっそりとこちらに歩いてくる。

花戸と目が合って、直接話すことは少なかったが、木佐の方にも依光のマネージャーだという認識はあるのだろう。

お世話になります、ととりあえず頭を下げた花戸に一つうなずき、そしてちろっと横の箕島に視線を移した。足を止めると、気難しげに目をすがめる。

「なんでてめぇがここにいる?」

「ほら、言われた」

ボソッと花戸はつぶやいた。

しかし木佐が箕島を知っているとは思わなかった。が、依光ではなく、野田からのルートで顔見知りなのかもしれない。……まあ、木佐監督が野田の恋人だというのが本当なら、知っていて不思議ではない、というべきか。

「社会科見学です」

「小学生か」

にっこりと笑って白々しく答えた箕島に、ふん、と木佐が鼻を鳴らした。

「さまざまな現場に足を運び、その仕事をよく理解することこそ、皆様に愛される警察官の第一歩かと思いまして」

手を後ろに組み、ぴしりと直立不動の体勢をとりつつ、いかにもな調子で箕島がとぼける。

「てめぇの仕事をしろ」

それに端的な言葉を投げると、木佐はさっさとスタジオを出て行った。

「ま、花ちゃんに愛されてれば、俺としては満足だけどねっ」

肩をすくめて男を見送り、こそっと花戸の耳元で箕島が言った。

「それは残念でしたね」

「ヒドイな…」

花戸も監督にならって端的に返すと、箕島がいじけたようにうめく。

と、入れ替わるように、さっきの泰丸という男がロール絨毯《じゅうたん》のようなものを肩に担いでせかせかと入ってきた。セットに持ちこみ、助監督と相談しながら敷きこんでいる。

美術監督のようだが、木佐のもとではなかなか大変そうだ。

木佐がもどってきて、さらに配置を少し変え、もう一度テストが号令される。

定位置なのか、同じ隅にもどってきた泰丸もしばらくそれを眺めていたが、ふと、こちらを気にするような気配が流れてきた。

なんだ？　と思いつつ、花戸も泰丸の方を見ると、視線が合ってぺこりと頭を下げられ、それを合図のようにおずおずと近づいてくる。

「えっと…、すみません。依光さんのマネージャーさんですよね？」

ええ、とうなずいた花戸に、「お世話になってます。美術監督の泰丸と言います」と丁寧に自己紹介してから、とまどいがちにそれを口にした。

「あのー、いきなりヘンなこと聞いてすみませんが、……あの男、誰だかご存じですか？」

泰丸が指さしたのは、セットから正面の位置の、カメラのずっと後ろ、壁際に立っていた男だ。

当然ライトも当たらない薄暗い場所で、ぼんやりとした人影にしか見えないが、どうやら野球帽のようなものをかぶった痩《や》せた若い男らしい。肩から大きめのビニールバッグを提げている。

が、その姿に見覚えはない。とはいえ。

「いえ…。私はあまりこちらのスタッフにくわしくないので」

「あの人がどうかしたんですか？」

そんなふうに答えた花戸の横から、いかにも何気ない調子で箕島が口を挟んだ。

「それが…、なんか妙な気がして。いや、何がどうってわけじゃないんですけど」

口ごもるように言って、泰丸が自信なさげに頭をかいた。

ふーん…、とつぶやきながら、じっと箕島がそちらを眺める。

その眼差しがいつになく真剣な気がして、花戸も誘われるように男を見ていると、確かに他のスタッフとは微妙に雰囲気が違うようだった。

まず、何の仕事をしているのかわからない。照明や音声の技術スタッフではないようだし、かといってADのように雑用に走りまわっているわけでもない。

カットの声がかかり、いったん空気が乱れると、男はどこかそわそわと落ち着かないようにあたりを眺めまわす。

「あの挙動不審さは、なーんか、馴染みがあるよなあ…」

ちょっとため息をつくように、箕島がつぶやいた。

「——あ、蒔田《まきた》さん、ちょっといいですか」

その箕島の言葉に力を得たように、泰丸が近くのスタッフを呼び止めた。

花戸も見覚えがある。確かディレクターだか、プロデューサーだか。三十なかばのラフなポロシャツを着た男だ。顔は年相応だが、額の生え際あたりがかなり危なくなっている。

「あの人…、あの正面の後ろにいる男ですけど…、新しいADさんですか?」

なに? と気軽に答えた男に尋ねる。

「え? あの人、泰丸くんとこのスタッフじゃないの?」

蒔田が目をすがめるようにしてそちらを眺め、首をかしげて聞き返してくる。

「違いますよ？　顔も見たことないし。うちのスタッフ、もう撤収してますし」

「あれえ…、ヘンだな。じゃ、どこの人だろ……？」

と、こちらでひそひそとやりとりしているのに、どうやらその男が気づいたようだった。

ハッとしたようにこちらを凝視すると、次の瞬間、いきなり走り出す。

えっ？　と花戸が思った時、すでに箕島は動いていた。

「おい…、おまえ！」

何が起こっているのかわからないまま、ほとんどのスタッフや役者たちが棒立ちしている中、泰丸が一直線にそちらへ走り、箕島は先回りするようにまっすぐに戸口へ向かう。

「なっ…、うわぁぁ……っ！」

そしてスタジオから逃げ出そうと突進してきた男の足を横から引っかけ、倒れこんだところを効率よく取り押さえた。手際よく両手を後ろ手にして床へ這わせ、背中から拘束する。

ムダがないというか、省エネというか。確かに箕島らしい捕り物だ。瞬発力はさすがだが。

「は…放せよっ！　俺が何したって……なんだよ、アンタっ！」

「はい、警察でーす」

わめく男の鼻先に、どうやら携帯していたらしい手帳を突きつける。

「な…、なんで撮影現場に警察がいるんだよ…っ」

「そこに事件があるからだろ」

堂々と詭弁《きべん》を弄《ろう》した箕島は、ぺしっ、と手帳で男の顔面をはたいてからそれをしまう。

「あー、これ、偽造の通行証ですね。それらしいだけで、細部はぜんぜん違う」

その箕島の素性にちょっと目を丸くしていた泰丸だったが、気を取り直してしゃがみこみ、床へ飛んでいた男の通行証を確認すると、ため息混じりに言った。

「コソ泥？　楽屋荒らしかな？　ちょっと前、役者さんたちの控え室の方へ向かってるのを見ましたけど」

「こいつのバッグ、持ってきてくれ」

その泰丸に箕島が指示を出す。

「なんの騒ぎだ？」

状況がわからないままに役者やスタッフが遠巻きにしてくる中、不機嫌そうに木佐が顔を出した。

「あ、木佐監督…！　ええと、実は——」

横に立っていた蒔田があわてて説明する。

それを待ってから、箕島がいつになく仕事モードな声で言った。

「すみませんが、いったん休憩を入れてもらって、皆さん、控え室で持ち物の確認をしていただいていいですか？　なくなったものがあったら教えてください。それと、空いてる部屋を一つ、貸してもらえますか？」

「どのくらいかかる？」

監督が腕を組み、箕島をにらむようにして尋ねる。

「皆さんがざっと確認できるだけの時間でいいですよ。それほど必要ありません。こいつのバッグを調べればわかるはずですし」

にっこりと箕島がそれに答えた。

十五分、と木佐が無造作に横の助監督に告げ、「十五分休憩です！」と大声で助監督が叫んで知らせた。そして思い出したようにつけ加える。

「あ、すみません！　役者さん方は一度、控え室にもどってもらって、持ち物の確認をお願いします！　なくなったものがないかどうか！」

「あ…、じゃあ、ええと、部屋はこちらで」

蒔田がそそくさと先に立ち、箕島が床で伏せっていた男の首根っこを引っ張り上げるようにして立たせた。男はがっくりとうなだれて、押されるままにのろのろと歩き出す。

「おまえも立ち会ってくれよ、元弁護士」

「私は民事だったんですけどね…」

ふり返って言われ、肩をすくめながらも花戸は箕島のあとに続いた。

準備された小さな会議室のような部屋で、男のバッグの中身がテーブルに披露される。一応、今の段階では男の許可を得て、だったが、すでに抵抗する気力もないようだ。

「すげーな……」

それに箕島が、あきれたような感心したような声をもらした。

花戸も無言のまま目を見張り、そのバッグを持ってついてきていた泰丸も口が半分開けっ放しになっている。

黒い大きなビニールバッグの中身は、ヘアブラシだとか、ハンカチだとか。小さな化粧ポーチに、ヘアピン。ペンやペンケース。下着や靴下が何枚か。さらには、使用済みの割《わ》り箸《ばし》。コーヒーを飲んだあとらしい紙コップ。髪の毛に、口紅の痕《あと》のついたティッシュ……。

そんなジャンクな物品が山ほど出てきて、金目のものといえば私物らしいしゃれたベルトと、ワンピースが一着。サンダルが一揃《ひとそろ》え。あとは、携帯が二つ。

しかし本当に驚くのは、それらが鑑識の証拠集めのようにご丁寧に一つ一つビニール袋に入れられて、さらに持ち主だろう、名前を書いた小さなラベルが貼《は》ってあることだ。

「マニアかヘンタイですか……」

ボソッと誰に言うともなく、泰丸がつぶやいた。

「へ、ヘンタイじゃないっ！　僕がヘンタイなわけないだろうっ！　ネットで売るんだよっ！　僕が本当に欲しいモノ以外はね！」

キッと顔を上げて男が主張したが、誰もそれに応える気にはならなかった。

「警察、呼んでー」

ともあれ、証拠が確定したところで箕島がため息をつきつつ、ひらひらと手をふって戸口のあたりで様子をうかがっていた蒔田に頼んだ。

ご丁寧に学生証も一緒に発掘されて、どうやら男の身元もはっきりしている。

都内の私学で、偏差値も高い結構な有名校だ。日本の教育の現状を真剣に憂えてしまう。

「え？　でも、警察って……」

「地域課のお巡りさん。一一〇番でいいから。俺は管轄が違うんだよ」

「あ、はい」

解せないような顔で、それでも蒔田はネックストラップでつり下がっていた携帯を開きながら、せかせかと部屋を出る。

それと入れ違いに、若いＡＤが紛失物の報告に入ってきた。

「結城《ゆうき》さんと西原《さいばら》さんの携帯がなくなってるみたいです。あとは今のところ、これといった被害は出てないようですが……」

「ああ…、そうね。これといってはないだろうね……」

指先で頬をかきながら、箕島がどこか疲れたようにうなずく。

カバンを調べて真っ先に確認するのが、財布と携帯だろう。私服などは、着替える段階にならないと気がつかないかもしれない。ましてや使い終わったティッシュなどは、気づく気づかないとかいうレベルではない。想定外だ。

「警察呼びましたけど…、ええと、箕島さん？　でしたっけ。あなたの方から事情を説明してもらっていいですか？」

連絡してもどってきた蒔田が、箕島を見て頼んだ。

「あっ、いや、頼むから俺の名前は出さないでっ」

とたんにあせった顔で箕島が両手をふりまわす。

「サボってるのがバレバレですからね」

冷ややかに花戸は指摘した。

「ちゃんと休みだもんっ」

ムキになって、箕島が言い返してくる。

そういえば、今日は土曜だったか…、とようやく花戸は思い出した。こんな仕事だと、だんだんと曜日の感覚が狂ってきているらしい。

こんなところに顔を出しているということは、箕島の関わるような大きな事件は起こっていないのだろう。世の中は平和だ。……この男が単なる税金泥棒でないと仮定してだが。

「だったらいいじゃないですか。一応、手柄でしょう」

「こんなところに出入りしてるのがバレたらいろいろうるさいしー。……いや、ほら。単純な事案だし。説明に困るほどでもないでしょう」

確かに、不審な男を取り押さえてみたらヘンタイだった——というだけだ。取り押さえたのは、箕島でも泰丸でも、他の誰でも問題はない。

はあ…、と蒔田が困惑した目を泰丸に向け、さらに箕島に両手を合わせて拝むようにされた泰丸が、とまどいつつもうなずいた。

「しかし……すごいですね。コレクション・アイテム……ですよね、これ」

ようやく息を吐き出すようにして、あらためてテーブルを眺めた泰丸がつぶやく。

「おー、野田のパンツ。……あいつ、こんなの、穿《は》いてんのか？」

証拠物件のようにずらっと並んだビニール袋から一つを摘《つま》み上げて、箕島がへー…、と声をもらす。

紫のビキニパンツだ。ラベルには野田の名前がある。

……野田ならば、もうちょっとセンスがあってもいい気がするが。

花戸はわずかに首をひねる。

「あ、それ…」

思わず、というように話を聞いていたADが身を乗り出した。

「すみません。それ、俺のです。今朝、シャワー室で着替えた時にそのままポケットにつっこんでたんですけど、いつの間にかなくなってて。あー…、野田さんの控え室に落としてたのか……。衣装を運んだ時かな。ヤバイなぁ……」

野田の控え室で見つかるのがヤバかったのか、この現状がヤバイのか。

頭をかきながら、ＡＤが大きなため息をつく。

「う、嘘だぁぁぁぁ！　野田さん…ッ、野田さんの……ッ！」

目を見開いてＡＤを凝視していた男が、吠《ほ》えるような声で号泣する。

「依光くんはこいつの趣味じゃなかったのかなあ…」

確かに、数多いアイテムの中に依光のものは見当たらない。

気の毒そうに男を眺めながら、感慨深げに箕島がつぶやいた――。

※

※

ゆうべ、野田司《つかさ》はテレビドラマの打ち上げに顔を出していた。

三年前に撮った、テレビ局の開局記念ドラマ――その続編が制作されたのだ。

昭和初期を舞台にした三夜連続の大型ドラマは当時かなりの高視聴率をとり、直後から続編も期待されていたが満を持して、というところだ。

主演は実力派人気女優の喬木紗和《たかぎさわ》。その夫は巨匠と呼ばれる映画監督であり、しかし彼が麻薬所持で逮捕されたこともあって、なかなかすぐに続編制作とはいかなかったのだろう。

紗和自身、夫の治療のためにしばらく活動を自粛《じしゅく》しており、今回はその復帰作ということで話題にもなっている。野田はその相手役だった。

演出を手がける樋口《ひぐち》は木佐とは昔馴染みの悪友らしく、タイプは違うがきめの細かい演出で丁寧に作品を創りこんでいく。体力的にも精神的にも大変ではあるが、野田としてはやりやすく、またやりがいのある監督だ。

今回は一時間ずつの五夜連続ということで、以前よりわずかに時間は少ない。が、内容はやはり濃く、ハードな撮影だった。

「野田ァ…、おまえはよう…、木佐の映画とドラマの間にこのドラマだったんだろ…？　あいつもなァ…、どんだけおまえを使い倒してんだかよ……」

居酒屋を借り切って宴もたけなわ、というところで、樋口もかなり酒が入っている。

絡まれているという意識はなかったが、横で樋口の弟子のような助監督が、すみません、すみません、としきりに野田に頭を下げていた。

「確かにプレッシャーはありますけど、でもどちらも楽しくやらせてもらってますから気持ちとしては充実してるんですよ。おふたりの演出の違いもおもしろいですし。役の性格もかなり違いますしね」

翌日もその木佐のドラマの撮影を控えていた野田は、ウーロン茶を飲みながら穏やかに言った。

それが正直なところだ。どちらもいい意味での緊張感が他とは違う。

木佐のドラマの話は、予定になかったところにかなり急に入れられた形だったが、野田としてはもちろん、断るつもりはなかった。

日程の最後の方がかぶってしまったが、木佐の撮影では野田の撮りは中盤以降にしてもらっている。出番は多かったが、どちらのドラマも今回は主演ではなかったので、なんとかまわせるようだ。

そしてあとには続いて——というか、数日は平行して——夏の連ドラに入るので、まあ、相当にタイトなスケジュールにはなってしまっていた。

「ま、木佐は当分、おまえを離さないだろうさ…。いいオモチャだもんなァ……」

「オモチャ…、ですか」

「か、監督…っ」

明らかに酔っぱらった口調で吐き出した樋口に言葉に、助監督があせって声を上げる。

「野田さんに失礼ですよっ、そんないい方……」

「なんでだよぉ…？　褒めてんだぜ、俺はァ…」

「どこがですかっ？　もーっ、今日は飲み過ぎですって！」

「いえ、大丈夫ですよ」

おろおろとする助監督に、野田は静かに微笑んだ。

「ずっといいオモチャでいられれば…、と思います」

いいオモチャでいられるのなら、うれしいと思う。

本当に、当分でいい——離さないでいてくれるのなら、それ以上に幸せなことはない。

「そら見ろ。野田はよくわかってるよ」

満足そうに樋口が破顔させる。

「木佐にとって野田は……ほら、アレだ。色がいっぱいあって、ちっこいプラスチックでいろんなものを作れるヤツがあるだろ？」

「組み立てブロックのオモチャですか？」

「おう…、そうそう、それそれ」

ちらっと野田をうかがうようにして、おずおずと言った弟子の言葉に、樋口が何度もうなずいた。

木佐よりも白髪の目立ち始めた髪が揺れる。

「頭の中で絵を描いて、一から手をかけて、全部自分で作り上げてさ…。芸術品を作るのさ。そいで、できあがったら今度はそれを自分の手で全部バラす」

なかばろれつのまわっていない、自分自身に言うような樋口の言葉に、野田はふっと引きこまれた。

「俺たちはできあがったそれぞれの形を別の場所に持ってきて使うことはできるさ…。だが、壊せるのは木佐だけだ。全部ぶち壊して、そしてまた一から違う、新しい形を作れるのはな」

『おまえを変えるのは俺だ。俺だけが、おまえを変えてやれる』

以前、木佐に言われた言葉が耳によみがえる。

樋口の言葉が胸の奥に沁《し》みこんでくる。体中が震えるようだった。

「いいオモチャでいてやりな…。あの男のワガママにつきあってやれるヤツはそういねぇしな…」

どこか眠そうな樋口の声。

「はい…」

グラスを握りしめたまま、野田はただ静かにうなずいた――。

「あれ、野田さん、早いですねー」

そして、翌日の夕方――。

ランプの消えているのを確かめてからスタジオに入ると、馴染みのスタッフがちょっと驚いたように声を上げた。

気づいたまわりからも、おはようございますー！　とバラバラと声がかかる。

スペシャルドラマの撮影はちょうど半分くらい、日程を消化したところだった。野田が参加してからは三日目になる。

今回のドラマは、木佐の新作映画『トータル・ゼロ／β』の公開を前にテレビ放映される二時間のスペシャル版だ。映画のスピンオフ的なストーリーで、映画では主演の野田だったがこのドラマでは脇にまわる。

ドラマは依光の視点を中心に、ちょうど前作『トータル・ゼロ』のその後から、新作の『／β《スラッシュ・ベータ》』との間に入るストーリーになっていた。前作の事件を受けた登場人物の変化、それぞれの運命的、必然的な関わりと未来が、ある事件をめぐって暗示的に描かれている。

木佐が「捨てた息子」である依光を主役に据えて撮ること、さらに依光と千波との絡みも多く、それだけでもかなりえげつなく、世間の注目を集めているようだった。

いいんじゃねぇか…、と木佐は鼻で笑っていたが。

もっともあえて狙ったわけではなく、野田と千波は急なスケジュールが合わせにくいこともあって、依光をメインにしたのだろう。

野田は、木佐の仕事に関わる時には基本的に他の仕事はすべて断って、それだけに集中できるようにしていた。主演の場合でも、脇役《わきやく》であっても。

今回は急に持ち上がった企画ということもあって、すべてをキャンセルすることは難しかったが、それでもできる限り、現場につめるようにしていた。自分の出番があろうが、なかろうが、だ。

今日も別のドラマのスチール撮影を終えて、こちらの現場に顔を出したのは夕方の六時をまわったくらいだった。

相変わらず撮影も押しているようだし、おそらく出番まではあと三、四時間もかかりそうだ。

まだ衣装には着替えず、私服のまま、野田はあわただしく動きまわっているスタッフの間を抜け、モニターをのぞきこんでいた木佐に近づいた。

と、言い争うような容赦ないやりとりが声が耳に飛びこんでくる。

「……じゃないんですか？　おかしいでしょう、ここでこのセリフは」

「てめぇの解釈は聞いちゃいねぇよ。それより、なんだ、さっきのへっぴり腰は？　ああ？　立ち上がりが遅ぇんだよ。もっと瞬発力を出せねぇのか？　仮にもアクション俳優だろうが」

「アクションじゃなくて時代劇ですよ。もの忘れまで激しくなりましたか？　いい年ですからね」

「だったらもっとたたずまいっつーモンを見せてみやがれっ。ヘボがっ」

どうやら親子ゲンカ——木佐と依光がやり合っているらしい。

映画の現場でもよく見られた光景で、実際、木佐を目の前に言いたいことを言えるのは依光くらいだろう。

それが息子の特権なのか、役者としての矜持《きょうじ》なのか。

木佐自身は、言いたいことがあれば自由に言え、といつも言っているのだが、……まあ、それを額面通りに受けとって、そのまま実行に移せる人間は少ない。

過去に生々しい確執があるはずのふたりだが、おたがいにプライベートのことは口にしなかった。現場には決して持ちこまない。こんなふうに派手な言い合いになるのも、作品についてだけだ。

慣れていないテレビのスタッフはビクビクと遠巻きにし、慣れているふだんからの木佐のスタッフは、またか…、といった顔で眺めていて、野田と目が合うと、軽く肩をすくめてみせた。

野田の姿に、よかった…、と、あからさまにホッとした表情を見せる者も多い。

緩衝材としての役割が期待されているわけだろう。角を突き合わせるばかりで、ふたりだけでは落としどころを探るのが難しいのだ。

「おはようございます」

あえて穏やかな調子で肩口から声をかけると、ちらっと首だけまわして野田を認め、おう、と低く、木佐がうなずく。

「野田さん、早いですね。入り時間はまだでしょう?」

ちょっと崩れたスーツ姿の衣装だった依光も目を丸くする。

「まあ、なんとか」

そんなふうに答えた野田に、依光が口元でちらっと苦笑した。

「なんとかやりくりしたわけですか」

おもしろそうに、しかしなかばあきれたように瞬いた目は、しょうがないな…、と言っているようで、野田はちょっと視線をそらせて、無意識に咳払いなどしてしまう。

甘やかしすぎですよ、と、常日頃から依光には言われているのだ。

……もちろん、木佐を、だ。

野田としてはそんなつもりではなく、ただ単に自分が木佐の撮影を見たいからなのだが……、まあしかし、現場にいれば今のようにさりげなくフォローもしていた。

木佐に泣かされた女優を慰めたり、ボロクソにけなされて落ちこんだ若手を励ましたりと、スムーズに撮影が進むように、多くの役者たちとコミュニケーションをとっている。木佐の解釈や狙いを、野田なりに説明したり、相談に乗ったり。

依光などは木佐に直接ぶつかって、おたがいに納得いくまで意見を出し合うこともできるが、たいていの役者――特に若手は、萎縮してなかなかそこまでできない。

「ああ…、野田。おまえ、先に入れるか？」

と、自分のことを語られている意識もないのだろう――あっても気にするとは思えないが――、どさっとだるそうにイスに腰を下ろし、膝の上に端のよれた台本を広げて、木佐が尋ねてきた。いかにも気難しく顔をしかめて。

徹夜が続いているのか――撮影でか、飲みも入っているのか――無精ヒゲもかなり濃くなっている。

「どのシーンですか？」

野田はわずかに身をかがめて、乱雑な字でごちゃごちゃと書き込みのある台本をのぞきこんだ。

「六三から。ホテルの中」

「ああ…、ええ。大丈夫ですよ。衣装さえ届いていれば」

「えっ、セリフ、入ってるんですか？　まだずっと先の予定ですよね？」

び出す。

と、少し距離をとって聞き耳を立てていたらしいアイドル顔の若い俳優から、驚いたような声が飛
このシリーズで依光は刑事の役だが、その後輩刑事として、今回ドラマで初めて登場した役者だ。

甲高い声に、ぎろっと木佐の視線を物騒に上がる。

「そこのガキ！　走りこんで汗かいて来いっつっただろうが！　さっさと行けっ！　てめぇのシーン
もあとにまわしてんだぞっ！」

灰皿が飛んだ。

はいぃぃぃ！　となかば悲鳴のような声を上げて、彼が飛び出していく。

「すみません。なんか、千波が事故渋滞にはまったらしくて。入りが遅れるみたいで」

肩をすくめてそれを見送り、依光がちょっと頭を下げる。

「え…、大丈夫かな。ひとり？　誰かついてる？」

「今日は三津谷さんが一緒だと思いますよ」

そう、とホッとして、野田はうなずいた。

三十も過ぎたいい大人だ。心配することもないのだが、やはり千波についてはある程度のガードは
必要だと思う。帰国がバレていれば、狙ってくるメディアも多いだろう。

「着替えてきます」

とりあえず短く断って、野田は控え室へ入った。

「今日、ちょっとした捕り物があったんですよー！」

と、興奮した調子でヘアとメイクのスタイリストが交互に語ってくれたので、衣装に着替えてスタジオにもどった頃には野田も概要は耳に入っていた。

スタジオの方でも、短い休憩時間には事件を目撃した——あるいは不幸にも当事者になった——役者たちが、夜組の仲間に身振り手振りで説明している。

どうやら今日一日はその話題で持ちきりらしい。

「失礼だと思いません？　なんで私のじゃなくて野田さんの下着なのっ」

憤然と、被害者のひとり、西原京《みやこ》などは野田に詰めよってきた。

……野田としては、それを自分に言われても、というところだが。

京は映画では野田の死んだ妹で千波の婚約者役だったが、今回のドラマではそれとうり二つの謎《なぞ》の女性を演じている。二十歳過ぎとまだ若いが、子役からこの世界にいるのでキャリアは長い実力派の女優だ。

「すげー、ヘンタイなにーちゃんだった…」

と、着替えをしている間に控え室に顔を出した箕島が、いつになくげっそりとした調子でうなっていたので、よほどだったのだろう。

あの何事にもへこたれない箕島にダメージを与えるとは……快挙だ。

野田はまだ楽屋入りもしていなかった時間帯なので、被害自体はまったくなかった。

……はずだが、なぜか間接的にはあったらしい。

そんないつになく浮き足だった現場ではあったが、野田はいつも通りの精神状態でいくつかのシーンをこなした。木佐は、作品に関わることでなければ、毛ほども気にしていないだろう。

何度もダメ出しをされつつ、少しずつ木佐の描く形に近づけて。

男の前で自分をさらけ出す。引きずり出されていく感覚を味わう。

苦行にも快感にも思える時間に酔う。

「瀬野さん、入られまーす！」

ＡＤの声が響き、八時をまわった頃、千波が姿を見せた。

申し訳ありませんでした、と木佐や、あちこちに頭を下げつつ、野田のところにもやってくる。

「野田さん…、すみませんでした。ご迷惑をおかけして」

「事故渋滞じゃ、仕方がないよ。どうせ待ち時間だったんだし、おかげで先に余裕ができて助かったかな」

悄然《しょうぜん》とする千波の肩を軽くたたき、野田は微笑んで言った。

「テスト、お願いします！」

そうでなくても、昼間の事件の影響で遅れている予定をとりもどそうと、助監督がせわしない声を上げた。

それからの撮影は千波と依光のシーンが中心になり、時折、野田や京が関わっていく。

映画からのメンバーでもあり、息が合っていてかなりテンポよく、撮影は進められた。

ぶっ続けで四時間、てっぺんを越えたあたりでようやく休憩が入る。役者よりスタッフがもたないだろう。

「三十分、休憩入れます！」

スタッフの嗄《か》れかけた声と同時に、ああ…、と一気に緊張が切れ、役者もスタッフも、重い身体が重力に引っ張られるようにすわりこむ。

依光はふらりと千波のもとへ行って、ペットボトルを手渡しながら何か——さっきのシーンのことのようだ——ちょっと真剣な顔で話し合っている。

現場ではたいてい、ふたりは一緒にいた。

まわりもふたりの関係はもちろん知っているわけで、しかしべたべたしている、というわけではなく、一緒にいるのが自然な、軽やかな空気をまとっている。

決して他の人間が入っていけないような、ふたりだけの世界にこもる雰囲気ではない。役者もスタッフも、自然とそんなふたりの近くに集まっていくのだ。

本当にきれいな一対だった。

ここまで来るのにどれだけ…、それこそ血を流すような痛みを乗り越えてきたのはわかっていたから、見ていて切ないような気持ちになる。

野田がふたりから視線を外した時、ガラリ…、と重い大きな音がして、湾側の鉄扉が開いた。

梅雨の晴れ間で、いくぶん湿ってはいたが夜の涼しい風がスタジオに入りこみ、こもっていた空気を散らしていく。あー…、生き返るー！　と誰かの声が聞こえてきた。真っ暗な水面のむこうにちらちらと街の明かりも見える。

しかしこんな時間に搬入があるわけではなく、そういうタイミングでもなく、なんだ…？　みんなが疑問に思い始めた時、ピカッと闇《やみ》の中に二つのヘッドライトがともった。

角張った、クラシックな雰囲気の大きなワゴン車がゆっくりと入ってくる。車体はシックなビンテージグリーンで、茶色で大きくロゴと文字が描かれていた。しかしそれが何か、わかった人間は少ないだろう。

扉から少し入ったところで止まった車から、頭にタオルを巻き、おそろいの黒いエプロンをつけた若い男がふたり飛び出してくると、驚いたように眺める中の人間にかまわず、手際よく作業を始めた。車の横にカフェのような黒板のメニュースタンドを立て、ハッチバックの後ろのドアを大きく開け放つ。とたん、香ばしいコーヒーの匂いが漂ってきた。

コーヒーの移動販売車だ。

えっ、なに？　とようやく気づいた連中から声がもれ、ざわざわとする中、男のひとりが声を張り上げた。

「えーと、野田さんからの差し入れです！　皆さん、どうぞ！　コーヒーとホットドッグ、サンドイッチとかもありますので！」

おお…！　とどよめく声と、キャーッという悲鳴のような声と。拍手も起き、あっという間に車に人が群がっていく。

飲み物はコーヒーだけでなく、エスプレッソやココアもある。もちろんアイスでも。食べ物は温かいホットドッグにオープンサンド、各種サンドイッチと自家製のパン。

「おまえの差し入れなのか？」

木佐がその騒ぎを横目にしながら尋ねてきた。

「ええ。ちょっとおもしろいでしょう？　移動販売をしてる人と知り合ったので、頼んで来てもらったんです。毎日弁当ばかりじゃ飽きますしね」

たまには温かい食べ物を夜食にしてもいいだろう、と。自分で好きなものを選べるのもいい気晴らしになる。

「もらって来ましょうか？　監督はホットでいいんですよね」

確認してから、野田は販売車へ近づいた。

ふだんと違って代金の受け渡しがないので、ふたりの青年はかなりスムーズに客をさばいている。

野田もあらかじめスタッフに伝えておいたので、キリがよく休憩に入れそうな時間を見計らって合図してもらっていた。それにあわせてコーヒーを沸かし、食べ物も温めてくれていたようだ。

「いやー、こんなに皆さんに喜んでもらえるとうれしいですよ」

コーヒーをもらいながら顔をほころばせて言われ、野田としても頼んだ甲斐《かい》がある。

トレイにホットのコーヒーを二つとフードメニューを一揃えのせて、木佐のところにもどった。

早々とゲットした者たちから、「いただきまーす！」「ごちそうになりまーす！」と弾んだ声がかかるのに片手を上げて応え、トレイをテーブルにのせる。

どうぞ、と木佐にコーヒーのカップを一つとって手渡した。

「熱いですよ。気をつけてください」

「ああ…」

さすがに根を詰めて疲れたのか、だるそうにイスにもたれていた木佐がそれをすすった。

「どれがうまいんだ？」

「ホットドッグはお勧めですよ。マスタードがきいていて」

紙包みをより分けながら聞かれてそう答えると、ふーん…、とうなりながら木佐が細長い包みに手を伸ばす。

あちこちから楽しげな笑い声やはしゃいだ声が響き、スタジオが和やかな空気に包まれた。

野田も手近なイスを引きよせて隣にすわると、コーヒーカップを持ち上げた。紙コップだけだと長くは持てないくらいに熱いが、持ち手がついたプラスチックカップがつけられている。

今の時期だとたいていはアイスを頼むのだろうが、木佐は年中ホットだ。

「あいつら、今度、ロケ先にもよこせ。コーヒーがうまい」

木佐の言葉に、野田は微笑んだ。

「そうですね。冬場のロケだったりすると、今の十倍くらいありがたみが増しそうですよ。車ですからどこへでも来てもらえますし」

「野田さん。すごい、いいですよ、あの差し入れ。斬新《ざんしん》だな」

依光からも目を輝かせて絶賛される。

早々に食べ終わったスタッフは、さらにお代わりに向かっている者もいるようだ。夜食の夜食、明け方食までキープするように、若いスタッフはいくつも包みを抱えている。

ホットドッグを腹に入れて人心地ついたらしい木佐が、カップを手に立ち上がった。次のシーンのプランを頭の中で練るように、じっとセットをにらむ。

ちらっとそれを見上げてから、野田はサンドイッチに手を伸ばした。

「あったかいメシが幸せだよー。うまいし、これ！」

「あ、野田さんっ、ごちそうさまです！」

若いスタッフがはしゃぎ合いながらすぐ後ろを通る。

と、次の瞬間だった。

うわっ、といきなり声を上げ、ひとりが足下を走っていたケーブルに足を引っかけて一気に体勢を崩した。

倒れた拍子に木佐の肩にぶつかり、その反動で木佐の持っていたコーヒーのカップが飛ぶ。

あっ、と思った時、それは横にすわっていた野田の頭上にまともに落ちてきた。

野田は反射的に顔をそらす。

バシャッ…、と耳元で液体の弾ける音がし、……しかし予想していた熱い衝撃は来なかった。

ぽつり…、と数滴、髪にかかったくらいで。

代わりに、つっ…！　と短く息を呑むような詰まった声が耳をかすめる。

ハッと目を開くと、木佐が大きく伸ばした左手で紙コップを受け、しかし中身はほとんど木佐の手のひらにぶちまけられていた。

テーブルにこぼれた液体からは、まだかなりの湯気が立っている。みるみる水分を吸って、横の台本が茶色く色を変えていく。

「監督……」

そして木佐の左手は、真っ赤に染まっていた。

一瞬の出来事だった。空気が凍りついた。

「す…すみません……！」

背後で悲鳴のように上がった声に、野田はようやく我に返る。

「水を！　早く！」

おろおろと顔色を変えたふたりにかまわず、野田は叱《しか》るように叫んだ。

「野田さん、これっ」

依光がペットボトルの水を投げてくれる。

もどかしくキャップをとって、野田は中身を男の手にぶちまけた。さらにもう一本、まわされたペットボトルを空ける。床が水浸しになるのもかまってはいられなかった。

「ああ…、たいしたことはねぇよ」

かすれた声で言いながら、木佐がもう片方の手でテーブルの上の濡れた台本を持ち上げ、水気を払っている。

それどころじゃないでしょう…！　と野田は叫びたい気持ちを必死に抑える。心臓が爆発しそうだった。

「どうして、こんな……」

わざわざ手を出すようなことを——。

「どうしてもこうしてもあるかよ」

知らず震える声でつぶやいた野田に、木佐は無造作に言い放つ。

「流水で冷やした方がいい」

依光が横から指摘してきて、野田はうなずいた。

「とりあえず、洗面所に行きましょう」

「必要ない」

「監督」

めんどくさそうに言った男を、野田は瞬きもせずに見つめる。引くつもりはなかった。

ため息をつき、木佐がおっくうそうに立ち上がった。

「おい、休憩をもう三十分延長しとけ」

ふり返って助監督に指示を出し、ようやく気づいたようにあたりを見まわす。

スタッフや役者たちも、息を詰めるようにして様子をうかがっていた。

「喜ぶとこだろ？」

口元で薄く笑って言った木佐に、ようやくホッと、緊張が緩む。

「あ…、はい。……その、大丈夫ですか？」

おずおずと助監督が確認してきた。

「野田が大げさなんだ。皮がむけるほどじゃねえ。……準備しとけよ。帰ってきたら、遅れをとりもどすのに朝まで休みはねぇからな」

そんな木佐の言葉に、空気がさらに和らいだ。スタッフの間から、あえてだろう、うえーっ、と情けない声が上がり、小さな笑い声も続く。

「野田さん、肩がちょっと汚れてます」

気づいたらしい千波が教えてくれて、あ…、と野田はスーツの上をその場で脱いだ。淡い色だったので、コーヒーの染みは少し目立つ。

「あ、私が。このくらいなら抜けると思いますよ」

スタイリストはすでにいなかったので、小道具の女性スタッフが預かってくれる。

「すみません…っ。熱すぎましたか…っ？」

騒ぎに気づいたのだろう。コーヒーを販売していたひとりが強《こわ》ばった顔であやまってきた。

ぞろりとビニールサンダルの音をさせて歩き出していた木佐が足を止めて、あ？　とふり返る。眉をよせて、放り投げるように返した。

「冷めたコーヒーなんかうまかねーよ。帰ってきたらでかいサイズで淹《い》れてくれ。熱いヤツをな」

「監督、早く」

気が気ではなく、その腕をつかむようにして洗面所へ引っ張りこむと、野田はいっぱいに蛇口を開いて男の手を流水にさらした。

触れた木佐の手のひらはまだかなり熱を持っており、充血しているように赤い。

「シャツ、濡れるぞ。手ぇ離せ」

言われたが、野田はもう片方の手で袖口を大きくまくり上げただけで、男の手は離さなかった。

ハァ…、と木佐がため息をつく。

「そんな顔、するようなことじゃねぇだろ…？」

あきれたように言いながら、指先が軽く野田の前髪を撫でる。

野田は何も言えないまま、ただ首をふって、じっと男の手のひらを見つめる。何か言ったら泣きそうだった。

「――あ、野田さん」

と、若いＡＤが廊下から顔をのぞかせた。

「依光さんに、バケツに氷水を入れてタオルと一緒にもってけ、って言われたんですけど、……ええと、ここに運びますか？」

「あ…、じゃあ私の控え室にお願いします」

「タバコもだ」

野田の返事に木佐がつけ加え、わかりました、とADが走ってもどる。

五分以上も水を出しっぱなしにして、ようやく色が収まり始めると、ホッと野田は息をついた。

と同時に、やりきれないような、理不尽な怒りがじわじわと湧いてくる。

木佐とともに自分の控え室へ入り、用意されていた氷水にタオルを浸して軽く絞ると、野田はソファにだるそうに腰を下ろした男の左手をそれで包みこんだ。

「二度とやめてください、あんなことは……！」

ぎゅっと、タオル越しに男の手を握りしめるようにして、野田は言葉を絞り出した。

「手が使えなくなったらどうするんです……？」

それに、ふん…、と木佐が鼻を鳴らす。

「片手が使えなくても役者ほど困りゃしねぇよ。それに」

伸びてきた木佐の手が、うつむいたままだった野田の顎をつかむ。

強引に顔が上げさせられ、まっすぐに目がのぞきこまれた。

「たとえ俺の顔が火傷《やけど》でひどいことになっても、それでおまえが逃げ出すわけじゃねぇだろ？」

薄く笑って聞かれ、野田はとまどうように視線を外す。

「それはそうですが……、でも」

そういう問題ではない。

「大事にしろ。役者の顔だ。おまえの顔は気に入ってんだよ」

ぺちぺちと軽く頬がたたかれ、さらりと言われたそんな言葉に、野田は思わず目を見開いた。

初めて、そんなことを言われた気がする。

胸が詰まる。

「顔も、な…」

微妙に言い直されて、さらに身体の奥から熱いものがこみ上げてきた。

ざらざらとした指先が野田の唇を撫で、軽く顎が引きよせられてしっとりと唇が重ねられる。

唇だけ。からかうように、舌先が唇の表面をなめていく。

「あ……」

いつになくプラトニックなキスに、熱が離れてから野田の方が求めるように指を伸ばしてしまう。

そんな野田にふっと吐息で笑って、木佐はゆったりとした様子でテーブルにおかれていたタバコに手を伸ばした。

意地悪く、それまでの甘い空気などすでに脱ぎ捨てたような平然とした顔で。

箱を揺すって片手で一本をとり出し、口にくわえて、持ち替えたライターで火をつける。もう何年も前に、木佐の誕生日に野田が贈ったライターだ。

すっかり傷だらけだが、それが自分たちの歩いてきた年月を表しているようだった。

ずっと男が携えてくれているのがうれしく、安心する。

「樋口の方は撮影、終わったのか？」

何気ない調子で、木佐が尋ねてくる。

「ええ。昨日、オールアップでした」

野田はタオルをもう一度氷水につけて冷やし、患部に巻き直しながら答えた。そしてふと思い出したようにつけ加える。

「樋口さんに、監督のいいオモチャでいてやれと言われましたよ」

へー、と木佐が鼻でうなり、煙を吐き出しながらひっそりと笑った。

「んなこと言いながら、あいつも結構、おまえを狙ってんだぜ…？」

「狙ってるってなんですか…」

野田もちょっと笑ってしまう。

恋愛的な意味で、樋口が自分に興味があるはずはない。仕事では、オファーがあれば、もちろんこれからも樋口の作品には出るだろうが、狙っているどうこうという話ではない。

「隙を見せると食い逃げされる。あいつの、放送いつだ？　これとかぶるのか？」

「あちらの方が早いと思いますよ。でも…、かなり近いかな。最終話から一週間も離れてなかったと思いますが」

言いながら、野田は男の前に灰皿を用意してやる。

「こええな…、あいつが撮ったおまえのドラマを見るのは」

木佐がタバコを挟んだ指で顎をかきながらうなった。

「俺の知らねぇおまえの顔があったりすると、胸クソわりぃからな…」

野田は小さく笑った。

ワガママな言葉。だが、それがうれしい。

木佐が疲れたようにぐるりと首をまわし、重い息をついてずるずると身体をすべらせる。足を上げてソファの肘掛けに投げ出すと、頭を野田の膝にのせてきた。

しばらく気に入った場所を探すように動かしていたが、やがて位置を決めて目を閉じる。

タバコはくわえたままで、ゆるゆると細い煙が立ち上っていた。煙は気にはならないが、顔に落としそうで灰が気になる。

「しばらく家に帰ってないのでは？　うちで休んでもいいですよ？」

木佐の自宅へ帰るより、野田のマンションの方がずっと近い。

言いながら、野田はそっと男の額から頬に手のひらをすべらせた。氷水に触れていたのでしっとりと冷たく、木佐が気持ちよさそうに煙を吐き出しながら、ああ…、とうなずいた。

「あさっては一日、撮休をとる。ロケの手配もあるしな」

「ちゃんと身体を休めてください。中打ち上げとか、ダメですよ」

「あんまり口うるさいと、早く老けるぞ」

「監督よりは健康管理ができていますから」

さらりと答えた野田に、木佐が喉の奥でうなる。

「おまえの方がムリしてんじゃねぇのか？　樋口のと重なってたんだろ。次のドラマもあるんだろうしな」

「私は……、大丈夫ですよ。まだ若いので」

ちょっとからかうように言う。

むしろ、いつまでも続いてほしいと思う。

次にこの男の作品に出られるのがいつかはわからないのだ……。

「抱いて欲しいか？」

わずかな沈黙のあと、木佐が淡々と尋ねてきた。

「はい」

野田は静かに答える。

いつだって――いつだって。望んでくれるのであれば。

「あさってまで我慢しろ」

「はい」

もう一度答えてから、野田はそっと、男がくわえたタバコをとり上げる。

腕を伸ばして灰皿におくと、指先で男の唇に触れる。両手で包みこむようにして、ヒゲがざらざらと刺激してくる頬を撫でる。

そのままゆっくりと、かぶさるように顔を近づけていった。

髪の毛の先がくすぐるように男の頬に触れ、吐息が触れる。鼻先をかすめるように肌が触れる。

「愛してます」

ささやくように、野田は言った。

「ああ…」

目を閉じたまま、男が吐息だけで短く答える。

その唇に、そっとキスを落とした――。

※　　※

「あ…、時間だ。監督、呼びに行った方がいいかな……」

ＡＤが時間を確認し、そわそわとつぶやく。

「あ、俺が行ってきますよ。ついでに楽屋からとってきたいものもありますし」

ちらっと依光が視線で合図すると、千波が察してさりげなく立ち上がった。

「え…、いいんですか？　すみません」

どこかホッとしたように、ＡＤが頭をかく。

木佐のご機嫌がどのあたりかわからない以上、あえて近よりたくはないのだろう。

「ま、いくらなんでも、あのオヤジもそこまでタフじゃねーだろうけどな…」

うなるように小さな声でつぶやいた依光の頭を、バカ、と千波が軽くたたいてからスタジオを出ていく。依光の想像を読んだらしい。

さすがにそれはないだろうとは思うが、……まあ、ＡＤはやらない方が無難だ。

「再開準備、お願いしまーす！」

大きな号令がかけられ、緩みきっていた空気がゆっくりと活動を始めた。

バラバラと動き出したスタッフがそれぞれの持ち場へもどり、出番の役者たちも徐々に控え室からもどってくる。コーヒー屋が言われた通り、どこで調達したのか、蓋付きのステンレスマグカップにコーヒーを淹れて運んでくる。

洗いざらして伸びたTシャツ姿の泰丸がセットへ入り、あちこち眺めて絨毯を直したり、イスの位置を調整したりしている。パリッとしたYシャツの腕をまくり上げて、三津谷が花の様子を確認し、花瓶に氷を補充する。

どうやらセットの真ん中で存在感を出している大きな花は、三津谷が生けたものらしい。華やかで、さまざまな色の配置もうまいが、左右アシンメトリーで段差のある造りは映像で見ても映える。堂々としたものだった。現場スタッフではないはずだが、現場ではかなり有用な特技だ。

まだ明るいスタジオの隅で、箕島がいかにも眠そうに大きなあくびをかまして、おんぶお化けかねむの子供のように花戸の背中に懐いている。無表情なまま、花戸が肩にのってきた男の顔面を平手で押し返し、携帯でメールのチェックをする。

花戸がこんな時間までつきあう必要はないのだが、昼間のこともあるので、今日は箕島に野田を家まで送らせるつもりのようだった。

信用があるので、野田はふだんからひとりで動くことが多く、今日もマネージャーは野田をここまで送ったあと、他の担当タレントの現場へ行っているらしい。

新たな熱烈すぎるファンが現れるのを心配しているというより、昼間の事件がすでにニュースで流れたせいで、記者やレポーターが周辺をうろちょろしていたのだ。このドラマが放映される局のワイドショーも取材したいようで、様子をうかがうようにちらっと姿を見せていたのだが、さすがに殺気だった現場の空気にそそくさと退散していた。

野田にしても「楽屋荒らしに野田さんのと間違えてスタッフのパンツが盗まれたことをどう思いま

すか?」などと聞かれても、コメントのしようがないだろう。

すぐに千波がもどってきて、少し遅れて木佐と野田が入ってきた。

待ちかまえていたような女性スタッフからコーヒーの染みが抜かれたスーツを受けとると、野田はそれを腕にかけたまま、依光の方にやってくる。

野田の楽屋で何を見たのか——千波がちょっと意味ありげな目で依光に微笑みかけ、そのまま京に呼ばれてセットに入った。そのふたりのシーンからの再開なのだ。

スタイリストが素早く近づいて、ふたりのメイクと髪を軽く整える。音響スタッフが大きなマイクを抱えて、セットの側でスタンバイする。助監督とカメラが木佐のもとに集まって、真剣な顔で監督の細かい指示を聞く。

ふり返った木佐が大きく号令した。

「始めるぞ!」

スタジオの空気が一気に引き締まる。温度を変える。

「シーン三五、行きます! 用意——」

カチン、と馴染んだ音が耳に刻まれる。

そして無限の世界が動き出す——。

end.

# あとがき

こんにちは。タイトル通り、いよいよ俳優さんたちのシリーズも最終巻となりました。……なのですが、ここにきて俳優でも監督でもない、裏方のカップルに。そのせいか、事件に巻きこまれることもなく、一番普通に、ある意味地味に、ちゃんと恋愛をしているカップルですね。まあ、他の人たちも派手派手しい仕事のわりに、あまり華やかな日常は出てこないのですが。

　今回は同い年のふたりです。このシリーズでは同級生キャラは多くて、二組（依光《よりみつ》と花《はな》戸《こ》、野田《のだ》と箕島《みのしま》）がいるんですが、それぞれに相手が違うので、同い年のカップルというのはこの泰丸《やすまる》と三津谷《みつや》だけなんですよね。同級生モノの良さというのは、こう、遠慮なくつんけん言い合えるところではないかと思います。このふたりも、もともとはハブとマングースの仲ですし。同級生というのは悪友にしても恋人にしても、なんかよい空気感です。

　書き下ろしの方は、その三津谷たちのラブな日常……の始まり、でしょうか。幸せな予感ですね。そしてもう一編。最後ということで、バトンリレー方式にオールキャラのお話を入れてみました。こんなふうに並べてみると、同じラブでもそれぞれのカップルの雰囲気とか、つきあい方の違いとかが見えて楽しかったです。この書き下ろしを書いていて、三津谷が実は「ドジっ子メガネキャラ」だった…、という事実が発覚。ということは、泰丸は超正当な萌え男だったということに(笑)。しかし監督がっ。ここに来て監督が！　結局いいところをすべてさらってますねー。こういうのをほんのたまに見せるあたりが、オヤジのタチの悪いところだという気がします。

　シリーズのイラストをいただきました水名瀬《みなせ》雅良《まさら》さんには、長い間本当にありがとうございました。シリーズの世界観以上に、俳優さんたちも監督たちも裏方さんも、そしてスピンオフなふたりも、みんなそれぞれにとてもカッコイイ男たちでした。今回の表紙、そして三津谷くんがえらくカワイイ口絵の方も大変楽しみにしております。編集さんにも、相変わらずお世話をおかけしておりまして申し訳ありません。またなんとか、がんばっていきたいと思います。

　そしてシリーズおつきあいいただきました皆様にも、本当にありがとうございました！お陰様で無事ここまでたどり着きました。ハードなカップルからエロいふたりから、ほのぼのした連中まであれこれでございましたが、お楽しみいただければうれしいです。

　どうか次にまた、新しいお話でお会いできますように。

8月　甘い果物の季節。モモ派かな～。スイカも捨てがたい…。

水壬《みなみ》楓子《ふうこ》

初出
ハッピーエンド ―――――――― 小説リンクス2月号（2010年）掲載作品
ハッピーデイズ ―――――――― 書き下ろし
スペシャル ―――――――――― 書き下ろし

LYNX ROMANCE

## ラブシーン

水壬楓子 illust. 水名瀬雅良

898円
（本体価格855円）

人気俳優・瀬野千波と、時代劇役者の片山依光は同居人兼セックスフレンド。二人の関係は、つきあっていた男に千波が手酷く捨てられた6年前から続いている。甘やかしてくれる依光を本当の恋人のように思えることもあるが、失恋の傷は深く、千波は本気の恋を恐れていた。そんな折、千波に映画出演の話が舞いこむ。好きな監督の作品だったので喜んで出演を決めた千波だが、千波を捨てた男・谷脇も出演が決まっていて——!?

LYNX ROMANCE

## ファイナルカット

水壬楓子 illust. 水名瀬雅良

898円
（本体価格855円）

硬質な美貌と洗練された物腰から「クールノーブル」の異名を持つ俳優の野田司は、鬼才と謳われる映画監督・木佐と身体の関係にある。始まりは6年前、木佐の作品に野田が抜擢されたのがきっかけだった。木佐の才能に心酔し、いつしか心までも奪われていた野田。望むのは、いつか来るだろう木佐との別れが少しでも先であってほしいだけ…。恋人ではなく、奔放な木佐のきまぐれで抱かれることに満足していたはずだったが——。

LYNX ROMANCE

## クランクイン

水壬楓子 illust. 水名瀬雅良

898円
（本体価格855円）

暴行、拉致、監禁——スキャンダラスな事件の被害者となった俳優の瀬野千波は、日本を離れてアメリカで演劇を続けていた。完全に立ち直るまでは会えない——そう心に決め、恋人である時代劇役者の片山依光と会わないまま約2年。ところが映画の準主役に抜擢され砂漠での撮影が進む中、突然依光がやってきて…!? 傲慢な映画監督・木佐と美貌の人気俳優・野田の掌編も収録。

LYNX ROMANCE

## スピンオフ

水壬楓子 illust. 水名瀬雅良

898円
（本体価格855円）

悪友で俳優の片山依光のマネージャーをしている花戸瑛は、試写会で隣の席に座った箕島彰英という男に言い寄られてしまう。過去に有名弁護士事務所に所属していた花戸は、恋人絡みの理由から弁護士を辞め恋に臆病になっていた。そんな自分を熱心に口説き続ける箕島に、いつの間にか花戸は心を許しはじめる。しかし、キャリア警察官である箕島が、ある事件のために、自分を利用していると知り…。

LYNX ROMANCE

## キャスティング

水壬楓子　illust. 水名瀬雅良

898円
（本体価格855円）

ハリウッドスターのジーンは、映画監督のクレメンから映画出演の依頼を受けた。海兵隊をやむなく退役し、次の目的も見つけられないまま田舎へ帰ろうかという時、ジーンはクレメンに偶然出会い、彼を助けたことがあったのだが、クレメンはジーンのことを全く覚えてもいなかった。ジーンは摑み所のないクレメンに自分という存在を刻みこもうと、オファーを受ける代わりに、彼の身体を要求するが…。

LYNX ROMANCE

## エスコート

水壬楓子　illust. 佐々木久美子

898円
（本体価格855円）

「こんな男のガードにつくのか?」時間に遅れて現れた依頼人に、ユカリは息を飲んだ。人材派遣会社『エスコート』のボディガードセクションに所属するユカリは、クリスマス・イブに莫大な遺産を継ぐ志岐由柾という男の護衛に任命された。初めての大きな仕事に気合十分なユカリだったが、ユカリを子供扱いする、ぞんざいで非協力的な態度の志岐に不安と反感を抱く。遺産相続日までの二週間、二人は生活をともにするのだが—!?…。

LYNX ROMANCE

## ディール

水壬楓子　illust. 佐々木久美子

898円
（本体価格855円）

人材派遣会社『エスコート』で秘書を務める19歳の律は、ボディガード部門のトップ・ガードである延清と暮らしている。しかし、数えきれないほど抱かれていても、延清は「恋人」ではなく、「飼い主」だった。出会いは9ヵ月前。公園の片隅、見知らぬ男たちに襲われていた律を、身体を取引材料として延清が気まぐれに助けた日から、二人の関係は始まり—。『エスコート』シリーズ第二弾!!

LYNX ROMANCE

## ミステイク

水壬楓子　illust. 佐々木久美子

898円
（本体価格855円）

人材派遣会社『エスコート』のボディガード部門に所属する真城は、派遣先でかつての後輩・清家と再会し、その美貌を歪ませる。5年前——SPだった真城は、恋人だった上司の男から突然「結婚」という裏切りを受け、当てつけに清家を誘った。しかし、ひたむきな清家の想いを利用したことが心苦しく、清家の前から姿を消したのだ。再会の夜、清家の冷たい眼差しに胸を痛める真城に、清家はむさぼるようなキスを仕掛けてきて

この本を読んでの
ご意見・ご感想を
お寄せ下さい。

〒151-0051
東京都渋谷区千駄ヶ谷4-9-7
(株)幻冬舎コミックス　小説リンクス編集部
「水壬楓子《みなみふうこ》先生」係／「水名瀬雅良《みなせまさら》先生」係

リンクス ロマンス

# ハッピーエンド

2010年8月31日　第1刷発行

著者……………水壬楓子《みなみふうこ》
発行人…………伊藤嘉彦
発行元…………株式会社　幻冬舎コミックス
〒151-0051　東京都渋谷区千駄ヶ谷4-9-7
TEL 03-5411-6434（編集）
発売元…………株式会社　幻冬舎
〒151-0051　東京都渋谷区千駄ヶ谷4-9-7
TEL 03-5411-6222（営業）
振替00120-8-767643
印刷・製本所…共同印刷株式会社
検印廃止


ISBN978-4-344-81998-6　C0293
Printed in Japan

幻冬舎コミックスホームページ　http://www.gentosha-comics.net